UN MILLIARDAIRE SINON RIEN, TOME 3

JULIA KENT

Traduit de l'anglais par Diane Garo, pour Valentin Translation

Couverture par Yocla Designs

eBook ISBN: 9781950172375

Print ISBN: 9781950172382

Inscrivez-vous à ma newsletter pour tout savoir des parutions et des promotions, sur https://geni.us/FRJKnl

UN MILLIARDAIRE SINON RIEN, TOME 3

Je ne transforme pas chaque rendez-vous en urgence médicale, mais quand je le fais, je manque de castrer mon homme.

Le premier *vrai* rendez-vous de Shannon et Declan se termine par un trajet en ambulance et une nouvelle mise à l'épreuve de leur folle relation. L'ex-petit ami Steve insiste pour dîner avec Shannon pendant que Declan est à l'étranger pour affaires, mais un retour surprise entraîne une bonne dose de romance lorsque Declan l'enlève pour s'envoyer en l'air avec elle (à plus d'un titre...) au-dessus de Boston. Alors que tout semble pour le mieux dans le meilleur des mondes, un malentendu prend une tournure sinistre alors qu'une conspiration cherche à les séparer. Découvrez la suite de la série hilarante de Julia Kent, *Un Milliardaire sinon rien*.

CHAPITRE 1

Le parc national qu'il choisit est très proche de mon appartement, mais il pourrait tout aussi bien être à l'autre bout du monde. De vastes étendues de terre parsèment le paysage alors que nous empruntons des routes sinueuses. Des plantes grimpantes douces-amères étouffent de grands chênes. La route est dictée par de vieux arbres aussi larges que des voitures. Des pins omniprésents se dressent entre les chênes et les érables, et le sol est couvert de lierre, vénéneux ou non, qui envahit une grande partie du paysage.

Un insecte bourdonne et je sursaute. Ce n'est pas une abeille. Ouf.

Les arbres craquelés portent encore les cicatrices de l'énorme orage de grêle qui a frappé la région il y a près de six ans. Des tons beige et orange nous accueillent lorsque nous sortons du SUV et que nous regardons autour de nous. Le parking est petit, bordé de gros rochers qu'escaladent une poignée d'enfants. Inutile de lire les panneaux ou de nous procurer une carte du parc ; Declan semble connaître le chemin.

— Comment ai-je pu vivre à côté pendant un an sans jamais y mettre les pieds ? demandé-je à haute voix.

Trois souches d'arbres se trouvent côte à côte. Celle du milieu est plus grande et un échiquier rustique y est cloué. Les deux souches extérieures servent de tabourets.

— Tu devrais peut-être prendre plus de risques et essayer de nouvelles choses, dit-il en souriant.

Il ne fait pas tout à fait nuit. Le ciel éclaire encore les bois, mais l'air a quelque chose d'éthéré. Declan appuie sur le coffre qui s'ouvre électroniquement, décrivant une lente ascension qui semble trop mesurée.

Il sort un petit sac à dos, une épaisse nappe à carreaux avec un côté imperméable, et un autre sac à dos, celui-ci à fond plat. Je prends mon sac à main et le mets en bandoulière, tendant la main pour l'aider.

— Je m'en occupe, dit-il.

— Laisse-moi porter quelque chose.

Il hausse les épaules et je prends la nappe. Il y a un large chemin à gauche, qui fend les bois. On dirait une vieille route, mais il n'y a aucun signe d'asphalte. Le ciel gris pâle forme une large bande au-dessus de nos têtes. Le chemin serpente, comme un ruban de terre.

— Tu viens souvent ici ? demandé-je alors que nous nous mettons en marche.

— Ça, c'est de la phrase d'accroche.

Je ris, l'air remplit mes poumons et me fait ricaner bien plus longtemps que nécessaire. Je suis nerveuse. Rien d'étonnant. Il me prend la main. Sa peau est chaude et sèche.

Nos doigts s'entremêlent. Ils s'imbriquent à la perfection. Nos corps sont parfaitement alignés. Nous avançons silencieusement côte à côte, et il lève la tête pour admirer le ciel.

— Je ne pense pas avoir besoin de chercher des phrases pour briser la glace avec toi, dis-je en me tournant pour l'admirer.

Il me regarde avec un sourire qui illumine mon univers.

Son visage devient sérieux. Ses fossettes disparaissent. Ses yeux me scrutent.

— C'est ce que j'aime chez toi, Shannon. Je n'ai pas besoin de chercher quoi que ce soit quand je suis avec toi. Je suis à l'aise avec toi. J'ai l'impression d'être ancré dans l'instant. De vivre chaque moment. Comme si…

Il baisse la tête. Nos épaules se touchent, et la sangle d'un des sacs à dos glisse légèrement.

La pause semble durer une éternité.

— Allez, lui dis-je, en lui donnant un petit coup de coude.

Sa main dans la mienne est comme une bouée de sauvetage. Les hommes ne parlent pas de moi de cette façon. Les hommes ne *me* parlent pas de cette façon.

J'en veux plus.

Il s'arrête au beau milieu du sentier et pose le sac à dos qui glisse. Sa main ne quitte jamais la mienne. Le crépuscule apparaît derrière les nuages. L'air est un peu plus frais qu'il y a quelques minutes. Les cris des enfants jouant sur le parking s'estompent, suivis des bruits sourds lointains de portières de voiture que l'on ferme. Un moteur démarre.

Ses yeux verts ont l'air si authentiques. Il semble jeune

et enthousiaste, rien à voir avec l'homme renfermé qui s'est disputé avec son père au début de la semaine, ou qui est devenu glacial lors de notre première réunion d'affaires, le jour où nous nous sommes rencontrés. Declan s'ouvre à moi, ici et maintenant, et je ne peux pas m'empêcher de le regarder. Je lis mes propres sentiments au fond de ses yeux. Je me fige à l'idée que tout ce que je croyais impossible puisse en fait se réaliser.

Cela fait de Declan un homme dangereux.

Mais je ne peux pas m'empêcher de le regarder.

— Les rendez-vous sont tellement ridicules, dit-il, la nuque crispée en déglutissant.

Je vois bien qu'il essaie de cacher ses émotions, et en mon for intérieur, une partie de moi voudrait vraiment qu'il garde le rideau ouvert. Qu'il congédie les maçons qu'il a sollicités afin de reconstruire en toute hâte ce mur qui le sépare du reste du monde.

Car le reste du monde m'inclut, moi, et en ce moment, je veux être à ses côtés, lui tenir la main, nos cœurs battant à l'unisson et nos corps détendus, sans avoir à être sur nos gardes.

— Oui.

Moins j'en dis, mieux c'est.

Il me prend l'autre main, et nous nous faisons face, les mains jointes. Il fait une tête de plus que moi et je n'ai pas de talons. Il n'y a pas de murs lambrissés de chêne, pas de couloir faiblement éclairé comme refuge ou accessoire. Nous sommes juste un homme et une femme dans les bois qui essaient de se comprendre.

De se cerner.

— Les femmes veulent sortir avec moi parce que j'ai de

l'argent. Parce que je suis un McCormick. Parce qu'elles peuvent tirer quelque chose de moi, un avantage social ou professionnel.

Ses yeux lancent des éclairs et sa voix est amère, mais il ne rompt jamais le contact visuel. Je m'efforce de ne pas baisser les yeux, parce que je ne veux pas qu'il pense que je suis une de ces femmes. Ce n'est pas le cas. Il pourrait être un musicien de rue qui gagne sa vie en jouant et qui connaît vingt-sept recettes de nouilles différentes, et je tomberais quand même amoureuse de lui.

Cette certitude me frappe comme si quelqu'un avait fait tomber une brique sur mon cœur.

— Mais pas toi, ajoute-t-il. Tu n'avais aucune idée de qui j'étais quand nous nous sommes rencontrés.

Sa voix s'élève à la fin. Ce n'est pas une question, mais ce n'est pas non plus une réelle affirmation.

— Non, en effet. Et ça n'aurait pas eu d'importance.

Il hausse un sourcil et fait un pas vers moi. Nos jeans frottent l'un contre l'autre, nos cuisses s'entremêlent.

— Vraiment ?

— Je m'amuse plus en ce moment que lundi soir, dis-je, en m'efforçant de faire comprendre ce que je ressens.

Mais mes paroles sont maladroites. Lorsque nous nous regardons, j'arrive plus facilement à communiquer mes émotions. Pourquoi les mots doivent-ils tout compliquer ?

— Alors je dois y remédier, parce qu'à mon sens, plusieurs moments lundi soir ont été bien plus intéressants que tout ce que nous avons fait jusqu'à présent.

Il sourit de façon sensuelle.

— Je… Declan ?

Il faut que je le dise. Il le faut.

— Oui ?

Il appuie son front contre le mien. Je lève les yeux vers lui.

— Je ne veux pas de ton argent. Je me moque de ton argent. En fait, j'ai peur que tu en aies après le mien.

Il éclate de rire.

J'ajoute :

— Mais avant d'aller plus loin, j'ai quelque chose à te demander.

— Vas-y.

— *As-tu* un fétichisme des toilettes ?

— Tu changes de sujet, murmure-t-il contre mon cou.

Puis il me vole un baiser qui rend le monde clair et sombre, tout à la fois, rien que par le lien entre nos corps.

Je romps le baiser et je regarde par-dessus son épaule, en direction du parking.

— On n'a pas fait plus de cent mètres.

— Je suppose qu'on devrait marcher lors d'une randonnée.

Il prend le sac à dos et nous marchons à une vitesse raisonnable, en rythme. Pendant quelques minutes, le silence nous suffit. Le craquement des feuilles mortes du sentier crée une bande-son. Le gazouillis des oiseaux et les bruissements des créatures des bois ajoutent au paysage sonore. Mais nulle trace d'êtres humains.

Nous sommes seuls au monde.

— Il y a une clairière à 800 mètres, où on pourra s'installer, explique-t-il.

Pour l'instant, le chemin est droit, mais il monte. Des rochers escarpés sont disséminés sur le sol. Je dois faire un effort pour progresser, et nous nous lâchons la main pour plus de sécurité.

Je ne me suis jamais sentie aussi ancrée dans l'instant présent que maintenant. Avec Steve, il y avait toujours quelque chose à dire, une mission à accomplir, un but à atteindre dans tout ce que nous faisions ensemble. Qu'il s'agisse d'aller voir le « bon » film pour se tenir au courant des tendances actuelles ou de dîner dans un restaurant « en vogue » pour être vus ou pour discuter du repas lors de soirées professionnelles, chaque minute passée ensemble devait servir un objectif plus vaste, l'aider à se hisser sur le barreau suivant de l'échelle sociale.

Et me voilà, arpentant un chemin accidenté avec un type qui a tellement mieux réussi que Steve, et tout ce que nous faisons, c'est marcher parmi les arbres pour aller s'asseoir, boire du vin et manger des fraises sous une pluie de météorites.

Waouh.

Je n'aimerais être nulle part ailleurs en ce moment. Même mon esprit le comprend. Il me laisse en paix, me laissant m'imprégner de Declan et du sentiment de calme et d'importance que me procure son attention.

Nous marchons tranquillement jusqu'à un petit sentier. L'obscurité est désormais de la partie, le crépuscule fait son entrée, et les feuilles naissantes des arbres majestueux projettent une ombre plus imposante qu'il y a quinze minutes. Je suppose que nous ne sommes pas loin. Mes jambes ne me font pas mal, mais elles sont bien conscientes que nous avons marché plus que la distance entre ma voiture et mon bureau.

J'aime cette sensation.

Les arbres s'éclaircissent assez rapidement jusqu'à ce que le ciel gris apparaisse, dégagé et plus lumineux sans la couverture des branches et des bourgeons. Une large bande de mauvaises herbes s'étend devant nous, manifestement de vieilles terres agricoles qui n'ont pas été utilisées à cette fin depuis des décennies. Printemps oblige, le sol paraît quelque peu brouillon, avec un mélange de fleurs jaunes précoces, de trèfles et de paille de l'année dernière.

— Et voilà, lance Declan.

Nous descendons une pente légère et atteignons une surface plane où il s'arrête. Elle fait la taille idéale pour y poser une grande nappe. Je frémis d'impatience et je prends une seconde pour me rappeler de respirer. Il est tellement beau, et me retrouver ici en pleine la nature, dans un cadre digne d'une émission exclusive du National Geographic (et pas sur l'accouplement du rhinocéros albinos) me procure un frisson que je ne saurais décrire.

Quelque chose de fougueux et d'entendu, d'excitant et de réconfortant. Distraite, j'ouvre la nappe et la secoue, étalant doucement le carré parfait sur l'herbe.

Une brise chaude vient nous caresser, jurant avec l'air glacial.

— Décide-toi, Nouvelle-Angleterre, dis-je. Est-ce l'hiver ou le printemps ?

Il éclate de rire.

— Et tu dis que tu as vécu ici toute ta vie ? Tu te souviens des 60 cm de neige qu'on a eus en 1997 ? Ou des 2,5 cm de mai 2002 ? Attention. Dame Nature nous joue peut-être un tour avec ses quatorze degrés.

— Tous les écoliers se souviennent du blizzard du

premier avril ! C'était génial ! Pas d'école pendant des jours !

Ma réponse élargit son sourire.

— Tu avais quoi, huit ans ? demande-t-il, en se penchant pour s'asseoir sur la couverture, fouillant dans un des sacs à dos pour en sortir une bouteille de Chardonnay et un petit récipient blanc qui doit contenir les fraises.

J'en ai l'eau à la bouche. Pas à la vue de la nourriture. À la vue de ses jambes fortes et musclées étirées devant lui tandis qu'il ouvre la bouteille au tire-bouchon.

— Ouaip. Donc toi tu avais… Je fais un calcul rapide. Douze ans ?

— Onze. Je suis du mois d'août. J'étais en sixième.

— Et moi en CE2.

Je prends la boîte blanche et je l'ouvre. Ouaip. Des fraises.

Un *POP* bruyant annonce qu'il a débouché la bouteille, et je fouille dans le sac à dos pour l'aider à trouver les verres de vin.

— Tiens, dit Declan, en fouillant dans le second sac.

Il me tend des tasses à café de voyage.

— Hein ?

— Regarde bien.

Les gobelets sont en plastique transparent avec un couvercle noir, comme les mugs de voyage. Mais en regardant de près, je vois de faux verres à vin en plastique intégrés dans les tasses à café.

Mon rire résonne dans la nuit.

— Ils sont parfaits !

— Des gobelets pour les adultes. Grace les recommande vivement.

— Alors, remercie Grace.

Il dévisse les couvercles des « verres » et nous verse à chacun une bonne dose de vin blanc. Chaque mouvement est réfléchi, prudent, totalement contrôlé. Il remet les couvercles et me tend mon « verre ». Nous sommes assis ensemble, nos hanches se touchent, nos genoux sont levés et bien calés. Je me sens bien. Le mois de mars a été exceptionnellement pluvieux et la première semaine d'avril n'a pas été nécessairement plus clémente. Le sol est souple, mais pas mouillé, et les nouvelles plantes verdoyantes apportent un doux espoir. Une mouche me bourdonne à l'oreille et je l'ignore.

La vue est magnifique. Les terres agricoles et les champs se déroulent au fil des collines et des vallées qui s'étirent devant nous. Nous sommes entourés par une forêt dense, offrant une quiétude bienvenue par rapport au bourdonnement de la ville à quelques kilomètres de là. La Route 9 est une ligne ininterrompue de mini-centres commerciaux, de centres commerciaux normaux, d'épiceries et de chaînes, arc-boutés à la ville ou à la Route 495 et sa ceinture commerciale. Nous sommes pris en sandwich entre la banlieue, la ville et les grands centres urbains, mais dans ce lieu calme propice à la réflexion, nous pourrions être n'importe qui, n'importe où, n'importe quand.

Je vide d'une traite la première moitié de mon verre. Le vin a un goût fruité, juste assez doux pour être facile à boire, mais assez sec pour être agréable. Je le félicite pour son choix.

— Grace, encore une fois, je dois l'admettre, avoue-t-il.

Pas d'embarras. Juste la reconnaissance d'un gentleman.

— Alors, à Grace, dis-je, en levant mon verre pour porter un toast.

— À la Fille des toilettes, dit-il avec un sourire enjoué.

CHAPITRE 2

— Au Beau Gosse.

Nous buvons. Nous nous embrassons. Nous soupirons. Il prend mon gobelet presque vide et une fraise géante recouverte de chocolat noir.

— Aux premiers rendez-vous, dit-il en me la tendant.

Ma bouche se remplit de la deuxième chose la plus savoureuse de la soirée, la première étant lui.

— C'est notre deuxième rendez-vous, dis-je, la bouche pleine de fruits divins et de chocolat.

Il semble vraiment surpris.

— Ah bon ? Je croyais que lundi, c'était une réunion d'affaires.

Il se joue de moi. J'avale rapidement et je termine mon vin pour me rincer la bouche.

— Si lundi, c'était une réunion d'affaires, j'ose à peine imaginer votre définition d'une « fusion », M. McCormick.

— Voulez-vous une démonstration, Mme Jacoby ?

Avant que je puisse répondre, sa bouche se plaque

contre la mienne. Elle a le goût des fruits et du bonheur. Sa langue écarte mes lèvres et cette fois-ci, il est plus insistant. Sa douceur sincère est balayée par une familiarité qui se développe entre nous. Il passe ses mains autour de ma taille et me tire vers lui en s'étalant sur la nappe.

Nous sommes à présent allongés. Ses jambes sont alignées avec les miennes et il presse un genou entre mes cuisses, en quête de ma chaleur. Il sent si bon et il a encore meilleur goût tandis qu'il me mange la bouche, passant les mains dans mes cheveux, puis dans mon dos, me caressant comme si je lui appartenais.

Ou comme s'il le voulait.

Mes propres mains en veulent plus, et je me déplace, le sentant durcir contre mon bas ventre. Le fait de savoir que c'est *moi* qui lui fait cet effet envoie une décharge électrique dans tout mon corps. Je fonds littéralement pour lui. Je n'ai jamais ressenti un désir aussi dévorant pour quelqu'un d'autre, une envie qui menace d'effacer mon bon sens, d'éradiquer mes inhibitions, de me faire bouger et réagir selon mes instincts primaires.

Sa main glisse sous l'élastique de mon jean. En sentant sa peau chaude contre mon dos, je gémis. Ce petit bruit de plaisir l'encourage à poursuivre son exploration. Son autre main glisse sur ma poitrine, l'englobe, et je prends ça pour la permission de voir ce que je peux découvrir sur lui.

C'est comme jouer à « J'ai trouvé ». Sauf que nous utilisons nos mains.

Il saisit mes fesses à pleines mains, sa propre gorge laissant échapper un grognement grave qui me rend plus humide. Le vent fait onduler le champ alors que le soleil pointe son nez derrière les nuages, dans une dernière tentative désespérée de briller avant la fin de la journée. Je suis remplie de sensations. Mon sexe se met à palpiter, mes seins sont gonflés et mon corps est au supplice : je veux sentir son corps contre le mien, ses doigts, ses mains.

Le fait qu'il ait envie de moi me rend dingue. Savoir qu'il me désire, moi, sentir sa réaction à *ma* présence, à *ma* bouche, à *mon* contact.

À moi.

— Shannon, murmure-t-il.

Juste mon nom. Je comprends, parce que son nom me trotte actuellement dans la tête un million de fois par minute, essayant de s'incruster dans des sillons profonds, pour en faire le seul mot auquel je puisse penser alors que mon esprit s'est complètement effacé et que je ne suis plus que sensations.

Declan.

C'est tellement bon. C'est si bon de voir nos mains, notre peau, nos lèvres et nos langues chercher à faire plus ample connaissance. Il m'embrasse dans le cou et d'une main, remonte lentement de mes fesses à mes côtes, puis il se met à malaxer un de mes seins, son pouce frottant mon mamelon jusqu'à ce qu'il soit dur comme de la pierre.

Je me mets à haleter. J'en veux tellement plus. Ce mouvement a totalement relevé mon haut, et je me tortille, prête à le recevoir. En plus de mettre des EpiPens dans mon sac à main, j'y ai jeté une poignée de préservatifs, parce qu'on ne sait jamais vraiment. Batifoler dans l'herbe…

— Tu es si sexy, murmure-t-il en s'écartant de ma bouche, rendue brûlante par tant de baisers.

J'aime ça.

— Tu es incroyable, dis-je alors qu'il me tire sur lui, son érection pressant contre mes abdominaux.

Ma jambe se glisse entre les siennes, ma cuisse coincée entre deux jambes musclées. Je l'écrase et il s'en moque. Ses caresses insistantes me montrent très clairement que ces préliminaires pourraient nous amener aussi loin que nous le voulons, jusqu'au bout même, et la Shannon qui, en temps normal, hésiterait n'est clairement pas aux commandes actuellement.

Alors qu'il me retourne sans le moindre effort, la bouche de Declan se plaque contre la mienne avec une brutalité qui me plaît plus que je l'aurai imaginé. Il me recouvre de son corps. Je sens la pression de ses jambes serrées et je le sens durcir contre ma cuisse. Sa main passe sous mon soutien-gorge, me taquine et me caresse jusqu'à ce que je palpite. En m'écartant les jambes, il continue d'explorer ma bouche avec sa langue, me laissant à bout de souffle, comme ivre.

Et ce n'est pas à cause du vin.

Une mouche bourdonne près de mon oreille et s'enfuit. Puis une seconde. Ses mains appliquées soulèvent mon haut et il dégrafe mon soutien-gorge, libérant ainsi mes seins.

— Tu es si belle, murmure-t-il alors que mon haut se soulève.

Il fait glisser ses deux mains sur ma poitrine gonflée. Je peine à respirer. Mon corps vibre tout entier pour lui.

Doucement, il me fait de nouveau glisser vers le sol.

Nous sommes à présent sur le côté. Nos mains poursuivent leur exploration, nos bouches jouent à se chercher, et une tornade d'excitation fait rage en moi. Ses hanches s'appuient contre les miennes et mes mains se dirigent vers son jean, baissant juste assez l'avant pour…

Son gémissement me donne la permission.

Apparemment, mon geste lui donne aussi une certaine marge de manœuvre, car ses mains glissent vers le bouton de mon jean. Normalement, je devrais m'arrêter. Faire ça au deuxième rencard (ou au premier ? Je n'en suis pas certaine, mais je n'ai pas vraiment la tête aux maths actuellement) peut sembler un peu précipité, mais je m'en fiche. Cela semble juste. *Vraiment juste.*

Déboutonnant simultanément nos jeans, nous progressons tous deux lentement. Il change l'inclinaison de ses lèvres sur les miennes. Nous procédons à des préliminaires chauds et humides, délicieux et savoureux, avec une grande lenteur, comme si nous savions tous deux que le temps et l'espace nous appartenaient.

Son torse est comme du marbre chaud parsemé de poils. Son halètement quand je parcours le dernier centimètre me séparant de son joystick est particulièrement gratifiant.

La flèche de Cupidon frappe sa cible juste au moment où il atteint mon intimité, et je sursaute.

Je veux dire, vraiment. La flèche de Cupidon vient de se planter dans mon dos.

— Aïe ! m'écrié-je en bondissant, ma main qui vient de frôler sa tige épaisse frottant maintenant ma côte.

Mon soutien-gorge est lâche autour de ma poitrine et

une brûlure profonde et intense se concentre sur un point précis de mon dos.

— Quoi ? Qu'est-ce qu'il y a ? Je t'ai fait mal ?

Je me dégage de Declan et je m'assieds par terre, remplie de douleur et de remords à l'idée d'avoir gâché ce moment.

— Non, non, pas toi.

Je suis prise de panique en entendant une mouche bourdonner à nouveau dans mon oreille. Puis je sens une nouvelle piqûre dans mon dos.

Ce n'est pas une mouche.

— OH MON DIEU ! m'écrié-je. Éloigne-la de moi !

Declan me regarde d'un air inquiet, son visage marqué par le désir et l'intimité que nous partagions quelques instants plus tôt. Il porte ses mains à sa braguette, ferme le bouton et remonte rapidement la fermeture éclair.

— Je ne voulais pas aller trop loin ou te faire faire quelque chose contre ton gré, dit-il d'une voix rauque.

Le regard qu'il me lance est confus, ouvert et fermé en même temps.

Je n'arrive pas à l'analyser, car mon corps tout entier se lance. Le sang, l'adrénaline et le venin traversent mon corps, et je suis prise d'un nuage aveugle de panique.

Alors seulement, je comprends. Je pointe du doigt son jean.

— Pas ÇA ! m'écrié-je. ÇA peut s'approcher de moi à tout moment ! Je veux dire l'abeille !

Trois abeilles planent paresseusement au-dessus de nous comme des drones se concentrant sur une cible.

— Quoi ? s'étrangle-t-il.

— Appelle les secours !

Je me précipite vers mon sac à main, qui se trouve sous le sac à dos. En faisant voler son contenu en tous sens, je me rends compte que mon temps est compté. Au mieux, j'ai une poignée de minutes devant moi.

Il fronce les sourcils, puis son visage change du tout au tout. Il vient de comprendre.

— Tu es *allergique* ?

Sa voix revêt plus que la surprise habituelle, mais je ne peux pas analyser sa réaction pour l'instant, car mon corps commence à enfler. Il sort son téléphone à la vitesse de l'éclair et compose un numéro avant que je puisse répondre.

Ma vision commence à se brouiller. Je cède à la panique. La liste des étapes pour contenir la piqûre m'échappe, noyée par les OH MON DIEU, OH MON DIEU, OH MON DIEU qui tournent en boucle dans mon esprit.

Je perds toute notion du temps. Declan parle à quelqu'un et décrit notre localisation. Puis il raccroche et je trouve mon sac à main. Il plonge la main dans sa poche arrière, son pantalon défait à la hauteur de ses cuisses, et prend un moment pour le remonter, fermer le bouton et la braguette.

Puis il pose les mains sur moi. Il tient son portefeuille. Il en sort deux préservatifs.

— Sérieusement ? Ce n'est PAS le moment, dis-je.

Ma voix est râpeuse et distante, comme si quelqu'un grattait un tube de carton contre mon oreille.

— Pas *ça*, tiens.

Il me tend un emballage de Benadryl, déjà déchiré. Je prends les gélules et les fourre dans ma bouche. Je saisis le verre de vin et, en l'absence d'alternative, j'en prends une grande gorgée pour m'assurer que les pilules descendent.

— Un EpiPen ? demande-t-il abruptement.

Je m'interroge, même si ma vision commence à me jouer sérieusement des tours.

— Comment le sais-tu ? Et où as-tu trouvé le Benadryl ?

— Mon frère Andrew est lui aussi très allergique. Aux guêpes.

Il enlève mes tampons, mes vieilles pastilles contre la toux, mes reçus et mon maquillage de mon sac à main avec une précision militaire et des yeux comme des lasers jusqu'à ce qu'il trouve l'EpiPen et me le tende.

Je retire le bouchon, mais alors que je vais pour me l'injecter, je vois une autre abeille passer. En baissant la tête, j'identifie le problème : nous sommes près d'un nid d'abeilles terrestres. J'ai littéralement posé la nappe de pique-nique dessus. Il n'y a que moi pour fricoter avec le Beau Gosse sur un Nid de mort.

Declan suit mon regard et s'en rend compte aussi. Il s'approche de moi au moment où je serre le stylo pour l'enfoncer aussi fort que possible dans ma hanche, mais il me pousse et je vise mal. J'abaisse mon avant-bras aussi fort que possible pour que l'aiguille s'enfonce en moi pour m'administrer l'épinéphrine dont j'ai besoin et…

Je lui fais une injection à l'entrejambe.

— Nom d'un chien ! s'écrie-t-il en se relevant et en inspirant si profondément que je crains qu'il ne s'évanouisse.

L'un de nous doit rester conscient, et à ce rythme, ce

ne sera pas moi. Un bruit semblable à de l'eau qui coule à flots me remplit les oreilles.

Le Benadryl n'aide pas et cette dose d'épinéphrine est la seule chose qui puisse me protéger du choc anaphylactique. Je sens ma respiration s'accélérer et ma gorge commence à se rétrécir, comme si Dark Vador me tenait en main et ne me lâchait pas. Declan boîte et souffle, inspirant profondément et grognant alors qu'il se dirige vers moi tel Wolverine qui passerait à l'attaque.

Je fouille dans mon sac à main et j'essaie de dire « Je suis désolée », mais tout ce qui sort est un bruit étranglé. Declan attrape mon sac à main. Je vois les veines de son cou gonfler et son pouls palpiter devant moi alors qu'il retire le bouchon du deuxième EpiPen, me met sur le ventre, me cloue sur place et baisse mon jean pour révéler mes fesses.

— Qu'est-ce que tu fais ? demandé-je d'une voix râpeuse.

Puis il enfonce l'aiguille si fort dans mes fesses que j'en ai le souffle coupé.

Le monde s'assombrit, puis s'éclaircit à nouveau lorsqu'il me prend dans ses bras et se met à courir vers les voitures. J'appuie contre sa hanche du côté où je lui ai fait l'injection, mais il se déplace quand même avec une vitesse et une agilité remarquables. J'ai la tête lourde, mes bras et mes jambes tombent, même si je sais que je devrais être survoltée par le contenu de l'EpiPen. Peut-être que c'est le vin. Le fait d'être submergée. Une mort imminente.

— Je vais t'y emmener, dit Declan. Allez, Shannon. Reste éveillée. C'est un ordre.

Sa voix est dure comme s'il m'aboyait dessus pendant un entraînement militaire, mais j'y entends également une peur et une douceur qui m'indiquent que je dois l'écouter.

— Je suis là, marmonné-je.

Il court à toute vitesse et j'entends son cœur battre contre mon oreille, pressé contre son haut en sueur. Nous sommes à plus de 800 mètres du parking et j'entends un horrible sifflement. Je pèse mon poids et je suis gênée qu'il ait tant de mal à respirer en me portant. Pourtant, il me porte, marmonnant quelque chose pendant qu'il court. Tout ce que je peux sentir, c'est l'air qui tourbillonne dans ses poumons et ses côtes.

Si je pouvais bouger, je pourrais me lever et retourner au parking. Je commence à résister, pour essayer de l'aider.

Puis je me rends compte que la respiration sifflante vient de moi. Pas de lui.

Il se déplace rapidement, faisant preuve d'une force étonnante, et ma gorge ne gonfle plus. C'est ainsi que l'EpiPen fonctionne toujours, comme si l'on freinait une voiture roulant à 160 km/h. Pour moi, le soulagement vient par vagues. Tout d'abord, le gonflement s'arrête, mais il ne se résorbe pas. Simplement, il n'empire pas.

C'est ce qui vient de se passer. Mais je suis tellement fatiguée. Épuisée et affaiblie, et je dois donner tout ce qu'il me reste pour rester droite dans ses bras afin que Declan puisse me porter. Le sol devient cahoteux et il ralentit, descendant prudemment une pente sur la partie la plus large du sentier. Il fait sombre, et des insectes bourdonnent dans mon oreille.

— Des abeilles ? marmonné-je.

— Non, dit-il, essoufflé par l'effort. Des mouches. Mais deux abeilles t'ont piqué…

Il se lance dans un sprint final et j'aperçois une lumière rouge clignotante au loin.

Deux. Oh. C'est donc ça. Je n'ai jamais été piquée *deux fois* d'affilée. Mes paupières sont comme des édredons masquant ma vision, et mes lèvres gonflées picotent. Si seulement je pouvais lever un bras et l'aider. J'aimerais le bouger, mais il refuse. Rien n'y fait.

Je suis désolée, ai-je envie de dire. Peut-être est-ce le cas. C'est difficile à dire.

Puis ma conscience s'efface complètement, et je ne me souviens de rien d'autre que du son régulier du souffle de Declan qui court me mettre en sécurité.

CHAPITRE 3

— Est-ce qu'il va perdre son pénis ?

La voix de ma mère flotte dans ma conscience alors qu'une lumière vive m'aveugle. Suis-je au paradis ? En enfer ? Quelque part entre les deux ? Si ma mère est là, cela réduit considérablement les options. Je suis soit en vie, soit au purgatoire.

— Le pénis de qui ? marmonné-je. Qu'as-tu fait à papa cette fois ?

Quelqu'un me serre la main et j'ouvre les yeux lentement. Ils me font l'effet de couvertures de laine mouillée recouvertes de tessons de verre, mais je les ouvre quand même.

Amy me tient la main. Elle a l'air effrayée.

— Je ne parle pas de ton père. Et ne t'en fais pas.

Ma bouche a le goût de copeaux de crayon secs qui reposeraient dans la vallée de la Mort depuis un millier d'années.

— Où suis-je ?

Elle me donne le nom d'un hôpital local.

— Qu'est-ce que je fais là ?

J'ai aussi l'impression d'avoir des copeaux de crayon secs dans la tête. J'ai froid tout à coup, et mes jambes commencent à trembler. Je n'arrive pas à les contrôler, et je me mets rapidement à claquer des dents.

Ma mère attrape une pile de couvertures et commence à m'en recouvrir, par couches, de haut en bas. Leur poids et leur chaleur me font l'effet d'un cocon.

— Tu as été piquée par une abeille, chérie, chuchote mon père en me prenant l'autre main.

Je me tourne pour le regarder et ses yeux sont rouges. D'avoir pleuré ?

— Deux, en fait, dit ma mère.

— Papa, ne pleure pas, marmonné-je. Je suis désolée.

Amy se met à sangloter.

— Tu n'as pas à t'excuser pour quelque chose que tu ne peux pas contrôler, Shannon, dit-elle. Et Dieu merci, tu es la reine de la parano, ajoute-t-elle.

— C'est parfois utile, murmuré-je, sans trop savoir ce qu'elle veut dire.

— Tu nous as vraiment fait peur, dit Carol.

Carol ! Carol est là, avec un Jeffrey à l'air effrayé, qui semble incapable de me regarder. Bon sang. Que diable mon neveu de sept ans fait-il là ? Je ne l'ai pas vu depuis quoi, un mois ? Il devient si grand, avec ses longs cils et… est-ce qu'il a pleuré ?

— Salut, Jeffrey, croassé-je.

Il m'adresse un geste incertain de la main. J'essaie de lui rendre son signe, mais une douleur lancinante m'en empêche.

Un médecin âgé, avec plus de sel que de poivre dans

les cheveux, entre dans la chambre. Ce n'est pas vraiment une chambre, en réalité. Seul un rideau sépare mon lit d'un autre, et j'entends deux hommes qui parlent à voix basse.

Le médecin regarde mon dossier et feuillette les pages en prenant des notes. Sa blouse blanche a de petites épingles dorées sur tout le revers et elle sent le chien sortant du bain. Son visage est tendu. Elle lève les yeux et se rend compte que je suis réveillée.

— Shannon, vous l'avez échappé belle, dit-elle avec un accent britannique à couper au couteau. Je suis le Dr Porter.

On dirait Judi Dench jouant le rôle d'un médecin plus âgé dans un épisode de *Doctor Who* ; il y a tellement de tubes et de lumières clignotantes dans la pièce que j'ai l'impression d'être entourée de Daleks qui ont pris le contrôle du TARDIS.

— Beau travail de votre part et de celle de votre compagnon, bien qu'il ait mieux visé que vous.

— Merci, dit une voix masculine grave et familière derrière le rideau. Je suis d'accord à cent pour cent. Et Shannon, je n'irai jamais tirer sur des cibles avec toi. Jamais.

Hein ?

— Et non, Marie, tout mon matériel est en place et intact. Elle a visé ma *cuisse*, ajoute-t-il d'un ton qui ne laisse place à aucune discussion.

— Dieu merci ! pépie ma mère. On ne peut pas avoir de petits-enfants si ça tombe, chuchote-t-elle.

C'est peut-être moi le Dalek, parce que tout ce que je veux faire maintenant, c'est lui crier EX-TER-MI-NER !

— Je suis à un mètre cinquante de toi et j'entends chaque mot, grogne-t-il.

Le rideau s'écarte d'un seul coup et révèle un Declan, seul, boutonnant son jean.

Les souvenirs me submergent instantanément. Le vin. La randonnée. Les préliminaires. Le sexe (presque...). Les abeilles. L'EpiPen.

— Je n'ai pas cassé ton pénis, hein ? demandé-je d'une voix râpeuse, mes cordes vocales ressemblant à des rubans douloureux.

Parce que ce serait vraiment un échec épique en matière de rencard. Je devrais me faire nonne si je cassais le pénis d'un homme. Mon nom rentrerait dans l'Urban Dictionary, comme Lorena Bobbit.

— Pourquoi as-tu rompu avec Jill ?

— Parce qu'elle a essayé de me faire une Shannon Jacoby.

— Sérieusement, mec ?

— Que faisiez-vous exactement là-bas ? demande le médecin, en haussant un sourcil.

Elle a un air désapprobateur et snob, comme seul un Britannique peut le faire, avec son accent si intelligent.

— Et non, vous n'avez rien cassé. Vous avez de la chance que le jean de Declan ait permis de limiter les blessures dues à l'injection.

J'essaie de la détester, mais je n'en ai pas vraiment l'énergie. Les paroles de ma mère ont permis de dissiper une partie de ma confusion, mais elles me laissent abasourdie et bouleversée.

— Personne n'a rien cassé, et je pense que tout le monde devrait partir pour que je puisse prendre soin de ma fille.

Elle a l'air abattue. Où est le sarcasme ? L'exubérance démesurée et l'incompétence sociale ? L'absence de limites quant à la vie privée ?

Les yeux de ma mère sont à la fois gonflés et creux, et ma gorge se serre, sauf que cette fois-ci, ce n'est pas en raison d'une piqûre.

Je regarde Declan. Lui-même m'observe avec une telle inquiétude que je ferme les yeux, incapable de traiter quoi que ce soit.

— J'ai été piquée ? murmuré-je.

Ma mère regarde Amy et me prend la main. Carol tient la main de Jeffrey, avec le petit Tyler perché sur une hanche, les yeux rivés sur la télévision, qui est réglée sur Cartoon Network sans son. Jeffrey a l'air beaucoup plus calme maintenant, et il observe Declan en plissant les yeux, comme s'il l'étudiait.

Pauvre garçon. Son propre père n'est jamais présent, alors il passe son temps à observer la foule des papas. Non pas que Declan soit un papa. Ou bien l'est-il ? J'ai vraiment mal à la tête.

Amy et Declan échangent un regard impénétrable.

— Deux fois, chérie.

Elle ralentit son débit de parole. Ses yeux me regardent attentivement. Tout son maquillage a disparu et je sens sa main trembler dans la mienne.

Ils ont tous pleuré. La situation est-elle si grave que ça ?

— Est-ce que je suis morte ?

Le visage de Declan témoigne de sa stupeur et il déglutit bruyamment. Il a l'air d'avoir dix-sept ans tout à coup. Ses yeux sont écarquillés et il est figé.

Mon père se lève et le montre du doigt.

— Non. Mais seulement grâce à lui.

Tout le monde se retourne et regarde Declan.

Steve aurait souri et se serait attribué tout le mérite si j'avais été piquée et qu'il m'avait transportée de là jusqu'à une ambulance. Quand je commence à émerger de ma torpeur, je me souviens que Steve était là la dernière fois où j'ai été piquée, à UMass. Cela s'était produit sur le campus, et Steve avait crié comme une fillette et s'était enfui, me laissant avec mon téléphone et mon sac à main, cherchant désespérément mon EpiPen.

Il n'était revenu qu'après l'arrivée des secours et j'avais failli m'évanouir.

Ce que Declan a fait est héroïque dans tous les sens du terme.

— On était à 800 mètres, dis-je.

Ma bouche sèche empêche la fin de ma phrase de sortir.

Lisant dans mes pensées, Declan saisit la carafe d'eau sur le plateau au-dessus de moi et me verse à boire dans un verre avec une paille. Il le remet à ma mère, qui me le tient comme si j'étais sur mon lit de mort.

Le suis-je ?

— Des abeilles au début du printemps. Qui aurait cru qu'elles seraient déjà de sortie ? dit mon père.

— C'est de ma faute, monsieur, dit Declan à voix basse, contrite, même. J'ai choisi le lieu du pique-nique et je n'ai pas pensé à vérifier qu'il n'y avait pas de nids d'abeilles par terre.

Il a l'air en colère. Il devrait l'être. C'est de ma faute ; je ne lui ai rien dit.

— Qui le ferait en avril dans le Massachusetts ? s'exclame le médecin.

Je n'ai jamais vu Declan comme ça, furieux contre lui-même, tout penaud. Il a l'air si jeune, comme s'il pensait qu'il méritait d'être réprimandé pour quelque chose qui ne relevait absolument pas de lui. Il regarde ma mère et mon père.

— J'aurais dû. Mon frère est très allergique aux guêpes, et…

Son visage se referme ; il masque ses émotions. Mon corps tout entier me fait mal, comme si quelqu'un me plantait des couteaux de cuisine dans les cuisses, les fesses, le cou et le haut des bras, mais aucune de ces douleurs n'est comparable à ce que mon cœur ressent devant sa réaction.

— Non, croassé-je. Tu as fait tout ce qu'il fallait. Tu ne savais pas. J'aurais dû te le dire avant, mais ça n'a jamais été un gros problème.

Ma mère s'ébroue.

— Shannon, dit-elle d'une voix grinçante.

La question de savoir si c'est un « gros problème » ou non est une pomme de discorde entre nous depuis que j'ai été piquée pour la première fois.

Puis elle me serre la main et son regard passe de lui à moi.

— Vous avez fait ce qu'il fallait, Declan.

Elle lâche ma main et se lève, l'enlaçant soudain.

— Vous avez fait ce qu'il fallait. Merci d'avoir sauvé la vie de ma fille.

Mes yeux se mettent à larmoyer et deux larmes roulent sur mes joues, jusque dans mes oreilles. Ça démange. Je sens ma gorge se serrer et je panique. C'est trop proche de ce que j'ai ressenti après les piqûres d'abeilles. Ma respiration devient laborieuse et le médecin vérifie mon pouls.

— Respirez lentement, Shannon, dit-elle sur un ton apaisant. Votre corps n'a pas encore éliminé l'adrénaline et il faudra un certain temps avant que vous n'alliez mieux.

Je hoche la tête, suivant ses instructions. Le bras de ma mère est négligemment jeté autour de Declan et ils semblent être les meilleurs amis du monde depuis des années. Cela me fait peur et me réchauffe le cœur en même temps.

Jeffrey s'éclaircit la gorge et ouvre la bouche. Je vois deux bosses blanches le long de sa gencive ; ses dents définitives qui poussent. Son nez est grand, avec un coup de soleil, et ses joues sont couvertes de taches de rousseur.

— Oui ? lui demandé-je, lui donnant la permission de parler au milieu d'une foule d'adultes effrayants qui le dominent.

C'est vers Declan qu'il se tourne.

— Tu as caché ton péniche ?

Oh, ce zozotement.

Des ricanements étouffés remplissent la pièce. On dirait une bande de testeurs de flageolets en conserve après le lancement d'une nouvelle gamme de produits. *Pfuit, pfuit, pfuit…*

— Non, mon grand, mon péniche – pénis – va très bien.

Declan se penche vers lui et lui ébouriffe les cheveux. Jeffrey s'étire tel un chat recevant des caresses.

— Tant mieux.

Jeffrey tire sur la chemise de Declan. Declan se baisse, mais ce qui sort de la bouche de Jeffrey est audible par tous.

— Zuste pour que tu chaches, tu ne dois pas zouer avec ton péniche hors de ta sambre. Le péniche, ch'est privé.

Les yeux de Declan s'élargissent. Mon père se cache la bouche d'une main pour masquer un sourire. Même la doctoresse britannique essaie de ne pas rire.

— Merci, dit Declan dans un murmure théâtral. Je ne l'oublierai *jamais*.

Jeffrey est en feu maintenant. Une salle d'adultes attentifs, et un père (dans son esprit, Declan est un père, car tous les hommes de plus de trente ans sont des « pères ») scotché à ce qu'il dit.

— Et tu chais quoi d'autre ?

Jeffrey est comme un roi au milieu de ses sujets. Il établit un contact visuel avec tous les adultes comme s'il passait en revue ses troupes.

— Dis-moi ? demande Declan, amusé.

Il est sûr de lui et se sent à l'aise dans une pièce remplie d'adultes qui se moquent de son péniche.

— Tu ne devrais pas lécher tante Thannon toucher ton péniche. Ch'est un endroit privé et perchonne n'a le droit d'y toucher chans ta permichion.

Oh, j'avais la permission, mon grand. Bien entendu, je ne peux pas lui répondre ça, cela, et la pièce est maintenant remplie de gloussements et de gens qui se mordent les lèvres si fort pour ne pas rire qu'ils pourront y glisser des piercings.

Carol s'approche de lui.

— Et si on allait chercher de la glace ?

Elle murmure *Je suis désolée* à Declan, qui lui indique que tout va bien, et fait un high-five à Jeffrey alors qu'elle se précipite vers la porte avec ses fils.

Puis Declan se retourne et fait face à la foule.

— Vous n'avez plus la permichion ne cherait-che que de *parler* de mon péniche.

— Elle a besoin de se reposer, de toute façon, et j'ai eu ma dose de blagues sur les péniches, dit le médecin à mes parents.

Declan s'écarte de ma mère et serre la main de mon père. Mon père le prend dans ses bras en une étreinte virile et lui tape deux fois dans le dos. C'est un truc de macho qui me ferait rire si j'en avais l'énergie.

Declan leur chuchote quelque chose que je ne peux pas entendre pendant qu'Amy m'embrasse sur la joue et me serre la main avant de me lâcher.

— Il a couru avec toi dans les bras jusqu'à la voiture. Sur *tout* le trajet.

Ses yeux se posent sur le corps de Declan d'une manière qui me fait frissonner de jalousie. Ou peut-être est-ce seulement mon cathéter qui bouge un peu. Pourquoi ai-je un cathéter ? Depuis combien de temps suis-je inconsciente ?

— Même après que tu l'as poignardé à l'entrejambe.

Je renifle. Ça fait mal. Tout me fait mal. Mes yeux me font l'effet d'abats en pleine découpe.

— Depuis combien de temps suis-je ici ?

Elle regarde son téléphone pour vérifier, et hoche la tête.

— Une quinzaine d'heures. C'est le matin.

— Mon Dieu. Je déglutis. Pourquoi ma gorge me fait-elle si mal ?

— Ils ont dû te mettre un tube dans la gorge pour que tu respires.

Elle peine à prononcer ces mots.

— Oh.

Je regarde Declan, qui parle à ma mère à voix basse. Ils continuent à me regarder d'un air inquiet.

— Non seulement tu as réussi à mettre la main sur un milliardaire, mais en plus tu es tombée sur Captain America, ajoute Amy.

J'essaie de rire à nouveau, mais on dirait que je m'étouffe. Elle lâche lentement ma main, à contrecœur, et suit ma mère et mon père pendant que le médecin leur explique la suite de mes soins.

Declan et moi restons seuls. Et tout ce que je trouve à faire, c'est fondre en larmes. De grosses larmes qui se transformeraient en de véritables sanglots si j'avais les voies respiratoires dégagées. Au lieu de quoi, les grosses larmes se déversent dans mon oreille externe et s'y accumulent dans une démangeaison exaspérante.

— Pourquoi est-ce que tu pleures ? demande-t-il avec une tendresse dans la voix qui me fait pleurer encore plus.

En quelques secondes, il a traversé la pièce et me caresse la main.

— Parce que j'ai failli détruire ton péniche !

Son rire profond et tonitruant est si inattendu, comme un coup de tonnerre soudain par une nuit de pleine lune, que je sursaute. Je marmonne une nouvelle excuse en m'étouffant.

Il s'assoit sur le lit à côté de moi et me caresse les cheveux, mettant une longue mèche derrière mon oreille mouillée.

— Shannon, c'était ma faute. J'ai bougé et je t'ai poussé le bras et tu…

— Tu te fais beaucoup de reproches pour ce qui s'est passé, murmuré-je.

Il soupire. Son cou et ses épaules se détendent.

— C'est normal quand je pense que la femme dont je tombe amoureux a failli…

Declan déglutit et plonge les yeux dans les miens. Sentir son bras trembler, sa voix rauque et grave d'inquiétude, me vide de toute mon énergie.

— C'était si horrible que ça ?

— Disons que je ne veux plus jamais, jamais revivre ça.

— Tant mieux. Parce que tu as le droit d'avoir un fétichisme pour les filles dans les toilettes, mais pas un fétichisme pour les piqûres d'abeilles, chuchoté-je.

Dans le silence de la pièce, il me sourit avec les yeux. Pas de rire, pas de gloussement. Puis je réalise ce qu'il vient de dire.

— Tomber amoureux de moi ? demandé-je.

Sans répondre, il se hisse sur le lit à côté de moi.

— Je, heu, je ne veux pas te faire pipi dessus.

— Ce n'est pas un peu tôt dans notre relation pour des golden showers ? bafouillé-je avant de m'étouffer, puis de tousser pendant trop longtemps.

Je crois que j'ai presque rempli la poche.

— Non, je veux dire…

Je fais un geste vers ma poche à urine.

— Oh. Ça.

D'un simple geste du poignet, il déplace un tube. Je suis sur le côté. Nous nous imbriquons donc comme des petites cuillères et quoi qu'il ait fait, cela fonctionne. Je sens ses cuisses chaudes dans mon dos. Son bras passe par-dessus ma taille et me tire vers lui. Ses gestes sont tendres et prudents, doux et sécurisants.

— Ou bien tu as un fétichisme pour le sexe sur un lit d'hôpital ? demandé-je, en bâillant.

Je veux dire, un type riche et très sexy qui m'a sauvé la vie et qui me fait des câlins pendant que j'ai un tube enfoncé dans l'urètre et que je pisse devant lui ? Ça ne peut exister qu'à Fantasmeland. Ou Féticheland.

Il laisse échapper un rire amusé.

— Crois-moi, de tous les fétichismes que je pourrais avoir, c'est le dernier sur Terre que je voudrais avoir en ce moment.

Je dois être une bonne bâilleuse, parce qu'il se joint à moi.

— Tu dois être épuisé toi aussi, murmuré-je. Je t'ai injecté une sacrée dose d'épinéphrine. Je suis vraiment désolée.

Il me serre plus fort dans ses bras.

— C'était un accident. Et ça fait quoi, maintenant… près d'un jour ?

Comment peut-il être aussi indulgent ? Steve se serait plaint pendant des jours que je l'avais blessé, comme si c'était un défaut de ma part. Declan prend mon erreur maladroite avec sérénité.

Je m'écarte et me retourne à moitié pour lui faire face.

— Accident ou pas, je t'ai mis en danger.

Je me sens stupide et confuse. Le lit est petit, mais sa chaleur est si agréable.

— Tout ce que j'ai à faire, c'est éliminer un peu plus d'adrénaline. Mes organes survivront. Mais *toi,* tu as failli…

Il ne dira pas le mot, alors je le fais.

— Mourir.

La tension remplit tout son corps, de ses genoux à ses mains.

— Oui. Andrew n'est pas passé loin lui non plus quand on était enfants après une piqûre de guêpe. Toute la famille a toujours du Benadryl en réserve et il a aussi deux EpiPens. Ce n'est pas quelque chose que l'on prend à la légère, et si j'avais su pour ton allergie, je n'aurais jamais… J'aurais pris des décisions différentes, soupire-t-il.

Ma voix se brise.

— C'est ma faute. Je ne veux pas que ça me restreigne, et quand tu m'as proposé un rencard en plein air, je ne voulais pas être…

Je m'arrête et bâille à nouveau. La pièce s'assombrit et j'entends les bips de diverses machines dans le couloir. Des machines qui surveillent le rythme cardiaque et le débit de l'intraveineuse, qui maintiennent les gens en sécurité et en vie.

— Quoi ? demande-t-il doucement.

— *Cette* fille. Cette fille bizarre, trop sensible et à la vie limitée. Qui t'impose ça.

Il me vient soudain à l'esprit que peut-être Steve n'aimait pas les pique-niques à cause de mon allergie aux abeilles. Je fronce les sourcils. Peut-être pensait-il davantage à moi que je ne l'avais réalisé. Je tremble de l'intérieur, même si je n'ai pas l'énergie pour tout ça.

Pourquoi est-ce que je pense à Steve alors que l'odeur de Declan me semble être le remède idéal pour guérir ?

— Tu ne m'aurais rien imposé. Je suis un homme adulte qui peut faire ses propres choix.

Sa voix est bourrue. Mais je ne me sens pas vulnérable. Il s'agit d'un échange ouvert. Je suis son égale. Son égale très fatiguée.

Je bâille à nouveau.

— Alors je suppose que j'avais peur de te donner une raison de plus de ne pas me choisir. Je lui serre la main et il fait de même.

— Pourquoi ?

— Parce que c'est irréel.

Il bouge contre moi, le denim rugueux de son jean glissant contre mes jambes nues. En me laissant aller contre lui, je soupire, un long son plein aux airs d'expiration sans fin. Comme si je retenais mon souffle depuis un an et que je pouvais enfin le libérer. Si on ne peut pas dire à quelqu'un ce qu'on ressent pour lui juste après qu'il vous a sauvé la vie, alors quand ? De plus, s'il ne partage pas mes sentiments, je peux mettre ma confession sur le compte du délire.

— Ça l'est pour moi aussi, Shannon, dit-il doucement, son souffle envoyant des mèches de cheveux contre ma joue.

Oh ! Il me rejoint sur ce point. C'est un nouveau territoire.

Il continue.

— Je n'arrive pas à croire que j'aie trouvé quelqu'un

comme toi. Et que tu voies quelque chose en moi qui te donne envie d'être avec moi.

Il déglutit et je sens le mouvement sur mon épaule.

— J'ai passé des années à courir après des femmes trophées ou avec qui partager mon lit.

Il se confie à moi, mettant son âme à nu.

Je me fige. Je suis tirée de ma zone de confort et je me retrouve en plein territoire chimérique.

— Je ne suis pas une femme trophée ?

J'essaie d'adopter un ton léger, mais j'ai plutôt l'air à vif.

— Tu es une fraise enrobée de chocolat. Une douzaine de fraises. Sur une mousse au chocolat.

Il plonge son nez dans mon cou. Son sourire s'imprime sous mon oreille.

— Tu le penses vraiment ?

J'essaie de ne pas montrer à quel point je me sens pathétique. Je sens l'espoir naître dans ma poitrine. Il rampe hors d'une grotte près de mon cœur, protégeant son visage du premier rayon de soleil qu'il ait vu depuis longtemps.

Il comprend ce que je veux dire.

— Et *toi* ?

— Est-ce que je ressens la même chose ?

Je me libère de l'étreinte et je me retourne très lentement pour lui faire face. Je lis sur son visage sa vulnérabilité et son désir. Ses yeux sont grands ouverts et me regardent attentivement. Pas de faux-semblants. Pas de boucliers. Pas de murs. Il m'examine de près.

— Oui.

— Je n'arrive pas à croire que tu veuilles être avec moi. Je ne suis… personne.

— Tu es tout pour moi, dit-il avec passion.

Sa main glisse le long de ma mâchoire et sous ma nuque.

— Et te voir aujourd'hui, après cette piqûre d'abeille… Je ne peux pas te perdre.

— Ça n'arrivera pas.

Je tends la main et l'intraveineuse tire sur mon bras. Une douleur aiguë et lancinante me fait grimacer. Il retire le tube emmêlé avec un tel soin que j'ai envie de pleurer tellement je suis heureuse qu'il s'occupe aussi bien de moi.

— Et si nous on arrêtait là ?

Mon cœur s'emballe.

— Qu'est-ce que tu veux dire ?

— Nous ressentons la même chose tous les deux. C'est réel. C'est bien *réel,* dit-il avec empressement.

Ses lèvres se pressent contre les miennes et le baiser est si doux que les larmes me montent aux yeux. Son corps s'approche de moi et il s'arrête. Il recule et ferme les yeux.

— Et c'est tellement réel que nous devons baisser la garde et laisser la réalité nous dicter la suite.

— J'ai toujours vécu à Réalitéland. J'en suis la maire. C'est le reste du monde qui ne coopère pas.

Il sourit.

— Non, sérieusement. Tu as rencontré ma mère ?

Il secoue la tête, amusé. Nous bâillons tous les deux en même temps, produisant des sons lents semblables à ceux d'un lion. Je me retourne et il se blottit contre moi.

— Est-ce que tu as le droit de faire une sieste avec moi ? demandé-je.

La moitié des mots disparaissent probablement alors que je m'endors.

— Il vaut mieux vivre avec des remords qu'avec des regrets, dit-il.

Ses mots qui vibrent contre mon cou me procurent un sentiment de réconfort. Un sentiment que je pourrais bien m'habituer à ressentir chaque jour de ma vie.

— En plus, les infirmières ont pitié de moi. Elles sont aussi un peu jalouses de toi.

— Jalouses ?

— Quand j'ai dû me déshabiller pour leur montrer la marque de l'EpiPen, elles en ont eu plein les yeux.

Mon rire est plus silencieux que je ne le souhaiterai. Je suis tellement fatiguée.

— Est-ce que c'est le rencard le plus bizarre que tu n'aies jamais eu ? marmonné-je alors que le sommeil me gagne.

— Probablement.

Il fait une longue pause, puis ajoute :

— L'EpiPen était certainement le sex-toy le plus inventif qu'une femme n'ait jamais utilisé sur moi.

Je suis dans un état de béatitude épuisée, et alors que je me sens dériver, une pensée me vient à l'esprit.

— Declan ?

— Mmm ?

Il respire lentement. Sa voix est feutrée dans la pièce exiguë. Je me sens presque mal de l'interrompre, mais il faut que je sache. Je n'arrive pas à me sortir cette question de la tête.

— Comment ta mère est-elle morte ?

Sa respiration s'arrête. Ses muscles chauds derrière moi deviennent rigides, tendus comme du granit. Puis il se détend, comme sous l'effet de sa volonté. Les moniteurs s'allument.

— Ce n'est pas important. Repose-toi, chérie.

— Tu m'as appelée « chérie », murmuré-je, les yeux remplis de larmes.

Il ne peut pas me voir, et c'est tant mieux.

— Je suis tellement tellement reconnaissant que tu ailles bien.

Sa main est posée sur ma hanche avec une possession et une familiarité que j'aime. Que j'aime beaucoup, mais je suis tellement, tellement fatiguée.

— Grâce à toi, marmonné-je avant de tomber de sommeil.

CHAPITRE 4

Mon premier rencard après ma sortie de l'hôpital ressemble à l'alliance d'un mauvais épisode de *Girls* et d'une séance d'épilation malheureuse où je me scelle à la baignoire.

Quoi ? Pourquoi pensez-vous que ma mère insiste pour me faire aller avec elle au spa ? J'y ai échappé cette semaine à cause des histoires de milliardaires et d'abeilles et de toute cette histoire de Shannon a failli mourir, mais je sais que c'est pour bientôt.

Mais ce rendez-vous catastrophique va être une perle rare. Le genre de soirée où vous allez sur Truu Confessions pour embrocher quelqu'un, puis ça devient un article de BuzzFeed et du jour au lendemain, vous avez un podcast qui vous propulse vers une émission du câble et...

— J'aurais aimé être là, Shannon, murmure Steve.

Eh oui. Je suis à un rendez-vous avec *Steve*.

Pas avec Declan.

Declan est parti en Nouvelle-Zélande tuer des Orques ou tout ce qu'on peut faire « pour affaires » en Nouvelle-

Zélande. Il voulait me proposer de venir avec lui, mais l'histoire de l'intraveineuse dans le bras et les cris de ma mère à propos des abeilles néo-zélandaises qui tueraient sa fille ont mis un terme à tout cela. « Mauvais timing », tel sera l'épitaphe sur ma pierre tombale.

En plus, j'ai tout un tas de magasins à faire, dont deux cabinets de podologues (pour vérifier les protocoles de sécurité fongique), un magasin de cigares (pour voir si les employés ont des préjugés contre les femmes), une entreprise de massages (alléluia !) et quatorze fast-foods qui testent une nouvelle salade César.

Heureusement que j'aime les anchois. Amanda y est allergique (à ce qu'elle dit...), donc je sais ce que je vais manger au déjeuner pendant les trois prochaines semaines.

Hier soir, j'ai eu une charmante séance de sextos avec Declan qui s'est terminée par quelques photos de lui et de moi. Heureusement que les photos sur Snapchat sont toutes effacées en quelques minutes, car si cette relation tournait mal, il y aurait des photos de moi dans des positions bien plus embarrassantes qu'une main dans les toilettes.

Steve est donc mon « rencard ». Il continue à appeler ça un rencard, et moi je continue à appeler ça, eh bien, *rien*. Nous sommes dans un restaurant mexicain local où toute la nourriture est faite maison et délicieuse, mais avec autant de coriandre que ma mère met de mascara. Trois couches et une efficacité impitoyable que peu de gens maîtrisent. Au moins, aucun des cuisiniers ne m'a arraché l'œil pendant l'application.

— Si tu avais été là, ça aurait été gênant, Steve, dis-je d'une voix pragmatique en lui tapotant la main.

C'est un geste qui sonne tellement Marie Jacoby que je me fige et retire ma main comme si je m'étais brûlée. On dit qu'on ressemble à sa mère en vieillissant. Tuez-moi maintenant.

Bizarre. C'est tellement bizarre de réaliser à quel point vos parents déteignent sur vous inconsciemment. Bientôt, moi aussi, je ne porterai plus que des pantalons de yoga et j'utiliserai de la mousse pour gonfler mes cheveux clairsemés tout en parlant sans cesse de mariages au country club de Farmington et de ma collection de godes.

Et si j'avais épousé Steve, cela aurait résumé les trois prochaines décennies. Je frémis à nouveau et j'enfonce une tortilla frite dans ma bouche pour étouffer un gémissement.

— Pourquoi cela aurait-il été gênant ? demande-t-il, un coin de sa bouche se retroussant en ce que je suppose être une tentative de sourire séduisant.

Il ressemble au Joker, sans maquillage.

Je mâche vite et je déglutis à grand bruit.

— Parce que c'était un rencard entre Declan et moi.

N'était-ce pas assez évident ?

— Tu as un problème avec l'idée d'avoir deux hommes à la fois ? dit-il sur un ton guttural que je ne lui connais pas.

— Qu'est-ce qui ne va pas chez toi ? dis-je en aboyant. Et beurk, qui voudrait de deux hommes en même temps ?

C'est déjà assez difficile avec un seul. Si j'ai deux hommes en même temps, l'un d'eux peut faire ma vidange pendant que je fais l'amour avec l'autre. Ça, c'est du fantasme.

Steve se contente de rire et dit :

— Je croyais que vous ne sortiez pas ensemble.

Il utilise ses deux mains pour prendre sa boisson, une margarita à la fraise de la taille d'un seau. Vous pourriez organiser une pool party pour des gamins à l'intérieur.

Je hausse un sourcil et j'essaie de ne pas soupirer.

— Tu nous as surpris en train de nous embrasser au restaurant il y a deux semaines. On *sort ensemble*.

Ma voix est ferme et un peu morne, comme on parle à un sondeur pendant une campagne présidentielle. Comme si vous vouliez être gentille et faire votre devoir, mais en finir pour pouvoir vous libérer et tourner cette conversation à votre avantage de la manière la plus sociopathe qui soit.

— Ça ne veut pas dire que vous sortez ensemble.

Il prend trois énormes gorgées de sa boisson et la pose. Du sel recouvre sa fine lèvre supérieure. Steve enlève ensuite les couverts de la serviette en tissu jaune, la secoue et la pose sur ses genoux. Ses mains sont fermes, mais quelque chose ne va pas. Qu'est-ce que je fais là déjà ?

L'ambiguïté que j'ai ressentie lorsque Declan et moi avons dîné avec Steve et Jessica a disparu. Depuis longtemps. Elle est maintenant remplacée par de l'apathie. Ou encore moins que de l'apathie, en fait. Un agacement croissant qui me montre bien que Steve fait partie de mon passé. Pas de mon avenir.

Cette prise de conscience me donne envie d'être avec Declan en ce moment. Ce n'est vraiment pas le moment d'être en Nouvelle-Zélande, à batifoler avec des Hobbits. Les Hobbits ont des pieds hideux. Mon esprit s'emballe à l'idée des visites chez le podologue que je dois effectuer plus tard dans la semaine.

— J'enfonce rarement ma langue dans la bouche de types avec qui je ne sors pas.

Les mots s'échappent avant même que j'aie le temps de me demander si je dois les prononcer ou non. Si Amanda était là, elle applaudirait. Il y a quelques semaines, je n'aurais jamais défié Steve comme ça, mais quelques semaines peuvent *tout* changer.

Il s'interrompt en plein mouvement, les narines dilatées, puis c'est à son tour de soupirer.

— Je n'en suis pas sûr, Shannon.

Ses yeux se fixent sur les miens. Le regard qu'il me lance est dur et accusateur.

— Qu'est-ce que c'est censé vouloir dire ?

— Je pense que tu sors avec lui pour me rendre jaloux.

Bang. C'est le son de ma mâchoire qui tombe à travers la croûte terrestre, le magma, le noyau, et qui s'écrase les genoux de Declan en Nouvelle-Zélande.

— Tu penses que je…

— C'est du génie ! Il prend une longue gorgée. Sérieusement. T'assurer de choisir le même restaurant que celui où je vais avec Jessica. Te servir de la notoriété en ligne de Jessica pour améliorer ton profil…

— Quoi ?

D'où lui vient cette idée ? J'ai envie que Jessica Coffin parle de moi sur Twitter à peu près autant que je veux sucer les orteils de Steve.

— Tu crois que je suis jaloux de toi et Jessica, et que je

sors avec Declan McCormick pour… pour… quoi exactement ?

— Me récupérer.

Un sifflement profond sort de ma gorge alors que la tortilla que j'y ai fourrée se coince de la pire des façons. Je ne suis pas en danger de mort par étouffement. Je lutte juste dans la douleur jusqu'à ce que l'objet incriminé s'écarte du chemin.

Hmmm. Ça décrit assez bien Steve, en fait.

La chips de tortilla craque et s'enfonce (et non, cela ne *me* décrit pas), et après avoir bu une bonne gorgée d'eau, je le regarde enfin avec les larmes aux yeux d'avoir eu la gorge lacérée par un morceau de nourriture tout à fait innocent.

— Tu crois que je veux que tu reviennes ?

Il prend une grosse chips, le trempe dans la sauce, en mord la moitié et la trempe à nouveau. Eh oui. Il vient d'offenser Jerry Seinfeld et toute la team bouchée unique.

— Bien sûr que oui. Ça fait un an, tu es toujours célibataire et tu es là. Avec moi. À un rendez-vous. Donc… ça a marché.

Il écarte les mains d'un air magnanime, comme s'il acceptait la défaite dans une bataille dont j'ignorais l'existence.

— Tu as gagné.

— J'ai gagné *quoi* ?

— Tu m'as gagné *moi*.

— Je ne veux pas te gagner ! Je ne gagne jamais rien ! Si je dois gagner quelque chose, j'aimerais que ce soit un voyage tous frais payés à Puerto Vallarta ou une Kia Optima, et pas un laissez-passer pour être la petite amie baveuse et sous-estimée d'un sac à viande qui s'en croit, qui pense que je suis inadaptée et qui a un ego plus grand que son péniche !

Waouh. Qui aurait cru que j'avais ça en moi ? Il ne semble pas offensé, cependant. Plus inquiet que d'autres clients m'aient entendu, mais pas vraiment bouleversé par le contenu et le sens de mes paroles.

— Tu n'es pas la femme que je croyais connaître.

— Tu veux dire la femme que tu as *rejetée*.

Je tends les mains vers mon propre seau de sucre et d'alcool, et je prends quelques gorgées de courage liquide. Ma boisson est une margarita à la canneberge, qui avait l'air bien meilleure sur le menu. Elle a le goût d'une pastille contre la toux mélangée au parfum Love's Baby Soft.

— « Rejetée » est un mot assez dur.

Steve étend ses mains massives sur la table et se penche en avant, comme s'il voulait que je lui prenne les mains. Aucune chance.

— Sans blague. Ça fait *mal*.

Nos regards se croisent et je réalise que tout comme je ne comprends pas pourquoi je suis ici, *il* n'a aucune idée de la raison de sa présence. Depuis que je suis sortie de l'hôpital, il me harcèle pour me voir, et maintenant il me tient. Il a toute mon attention, toute ma concentration. Mais il n'a aucune idée de ce qu'il doit faire de moi.

— Et c'est pour ça qu'on ne rejette pas une femme comme Shannon. Jamais.

Le grognement vient de derrière moi et je saute littéralement sur ma chaise de près de 10 cm, retombant sur le bois dur avec une secousse qui s'étend de mon coccyx jusqu'à mes globes oculaires. Qui sont actuellement rivés sur le visage choqué de Steve.

Il fixe un point derrière moi, au-dessus de ma tête.

Je me retourne - je connais cette voix - et je manque de m'étouffer. Declan se tient devant moi. Une barbe d'un jour obscurcit son menton fort, les premiers boutons de sa chemise d'affaires sont déboutonnés, il ne porte pas de cravate, et il est délicieusement froissé, son costume gris arbore de nombreux plis, et son pantalon serré lui va comme un gant. On dirait qu'il vient de passer la journée entière en déplacement, et alors que mes yeux le détaillent, il me regarde avec avidité.

Sa main glisse le long des os de mon épaule, caressant la peau douce à l'arrière de mon cou, et ses lèvres rencontrent les miennes dans un baiser doux et poli qui me fait palpiter de partout. Les sextos de la nuit dernière n'ont pas suffi. Il n'en a jamais assez. Je déglutis bruyamment alors qu'il recule. Il sent la sueur, l'eau de Cologne, le savon et la *maison*.

— Salut, me dit-il, ses yeux réclamant les miens.

Steve s'éclaircit la gorge. *Steve qui ?*

— Ravi de vous voir, Declan.

Steve se lève et lui tend la main. Declan l'ignore royalement. Ses yeux sont rivés sur les miens, sa main ne quitte pas mon cou, comme s'il était en train de se noyer et que le fait de me toucher était la seule façon de respirer.

— Hé, dit finalement Declan à l'attention de Steve.

— On parlait justement de… commence Steve, mais Declan l'interrompt.

— Comment vous avez rejeté Shannon.

Les mots de Declan sont durs comme du granit. Du

fer. Du platine. Prenez l'élément le plus dur et multipliez-le par toutes les fois où Steve m'a dit que je n'étais pas à la hauteur, et vous aurez une idée du ton de Declan.

J'ai l'impression d'être dans une bulle. Ma peau me picote et me brûle. Dans mon monde, les gens ne se parlent pas comme ça. Nous ne sommes pas aussi directs et clairs. Nous ne faisons pas de déclarations comme celles de Declan, affirmant fermement que Steve a tout à fait tort d'essayer de me faire honte – et non que *moi* je devrais me sentir mal pour ces diverses raisons.

Pour nous, l'infirmation est le plus grand des péchés.

On m'a appris à plaisanter pour cacher ma gêne. Laisser les gens dépasser mes propres limites parce que c'est normal – ils m'aiment, et en plus, peut-être qu'ils ont raison. Rien de mal à ça. *Ha ha,* ris de cette sensation au creux de ton estomac qui te dit que ce n'est pas normal. *Hé hé,* ris à tes dépens, car dire la vérité mettrait tous les *autres* mal à l'aise.

Avec Steve, j'ai pensé pendant toutes ces années que si je pouvais « juste » changer suffisamment pour qu'il cesse de me critiquer, alors je serais parfaite. Si je pouvais « juste » être sur le qui-vive tout le temps et essayer de deviner quel serait mon prochain faux pas à ses yeux et m'arrêter avant la transgression, alors il serait heureux avec moi.

Si je pouvais « juste » apprendre à vivre selon des signaux contradictoires et des attentes en constante évolution… ce qui signifiait que je ne serais jamais, jamais à la hauteur.

Jamais.

J'ai un fatras en moi qui ressemble à du verre brisé que

l'on déplacerait et réalignerait avec beaucoup de soin, comme si l'on réassemblait une mosaïque cassée pour la remettre en place avec le moins de dégâts possible. Declan a une armure que je n'imagine pas porter. Il sait au fond de lui qui il est et ce qu'il veut sans avoir besoin que les autres lui reflètent son image. Aucun miroir n'est pointé vers lui pour le forcer à intérioriser ce que tout le monde pense de lui.

Si je ne l'avais pas touché, embrassé, cherché, taquiné, je penserais qu'il est un dieu. Mais non… Il est en chair et en os, et réel et authentique et…

À moi.

Et je lui suffis. Comme je suis.

Je suis plus qu'assez.

Et c'est vrai même sans Declan.

— Je…

Steve reste sans voix. Le statut de dieu de Declan vient de monter d'un cran, parce que les bêtises de Steve sont difficiles à arrêter. C'est un peu comme essayer d'empêcher ma mère de se lever à 2 h 30 du matin le jour du Black Friday pour faire la queue devant une grande surface et rentrer à la maison avec une télévision plus haute que la maison parce qu'« Elle coûtait seulement 39,97 $, et ils m'ont offert un café ! »

— Viens là, dit Declan en tirant sur ma main.

Il a traversé les océans pour moi. Écourté des réunions. Dormi dans des sièges d'avion conçus pour des enfants qui ne sont pas assez grands pour monter sur des montagnes russes. Son geste n'accepte aucune contestation, aucune possibilité de discuter. Je dois l'accompagner, et les narines de Steve se dilatent.

— Que faites-vous ? demande Steve.

Mais ce n'est pas vraiment une question. Ses mots sortent d'un ton monocorde et livide. Pendant toutes ces années ensemble, il ne s'est jamais montré jaloux d'un autre homme, même quand nous étions en boîte de nuit et que quelqu'un me touchait les fesses. Pas de côté protecteur ou possessif. Il n'était pas contrarié que je sois le trophée de quelqu'un d'autre, une femme-objet qu'on pouvait s'accaparer facilement, sans que cela veuille dire quoi que ce soit ou qu'au contraire cela veuille tout dire.

Toutes ces années à être sa… *quoi* au juste ? Qu'est-ce que j'étais pour lui ?

— J'emmène Shannon, dit Declan sur un ton qui est l'exact opposé de celui de Steve, plein de passion et de sentiments.

Ses mots sont mesurés, mais leur sens ne l'est pas.

Elle est à moi. Tu as merdé. Dégage.

Attendez. C'était le sens de *mes* paroles, en fait.

Declan sort son portefeuille de sa poche arrière, son autre main tenant fermement mon coude. Ce n'est pas désagréable. Il jette deux billets de vingt sur la table et, d'un léger mouvement, me détourne de Steve, qui est assis là, impuissant, regardant l'argent d'un œil noir.

Declan parcourt en quelques enjambées l'espace entre la table où j'étais assise et la porte d'entrée. Mes jambes sont comme des élastiques qui picotent quand j'essaie de la suivre. La façon dont il vient de traiter Steve fait bourdonner mon cerveau. C'était si grossier. Si… macho.

Si… *bon*.

CHAPITRE 5

— Merci, dis-je alors qu'il pousse la porte.

Le coucher de soleil illumine mon visage. J'ai la sensation de retrouver mes jambes, mes lèvres, mon corps. Tandis que mes pas m'éloignent d'un homme qui ne m'a jamais aimée, qui ne m'a jamais considérée comme autre chose qu'un outil, je sens mon corps renaître.

Comme sur ces peintures que l'on remplit numéro par numéro, voici le retour de ma dignité dans une belle nuance de violet. Le bleu est synonyme de confiance. Le rouge vif de clarté. L'argile calme représente la patience, et le vert est la couleur de l'espoir.

Des yeux de Declan.

— Pour quoi ? demande-t-il en m'ouvrant la porte de la limousine (bien sûr) qui attend devant le restaurant.

— Pour ça.

Je désigne le restaurant, m'attendant à moitié à voir le visage déformé de Steve appuyé contre la vitre.

— Hum, qu'est-ce que tu as entendu de notre conversation ?

— Tu veux dire, est-ce que j'ai entendu la partie sur son minuscule péniche et son énorme ego ? Parce que c'était génial.

Un demi-sourire et un rire chaleureux s'ensuivent.

— Un « péniche » sera toujours drôle.

La main de Declan est sur la poignée, quand j'ai une soudaine prise de conscience : ma voiture !

— Attends, je suis venue en voiture, expliqué-je, sentant soudain que je perds pied.

La Shannon pratique. Comment pourrais-je rentrer chez moi si le prince charmant m'emporte sur son destrier mécanique ?

— La cacamobile ? demande-t-il.

Un passant lui lance un drôle de regard, fixant la limousine en haussant un sourcil.

— Ouaip.

Je regarde le parking où j'ai planqué cette fichue chose. Même mélangée à une bande d'épaves de la fin des années 90, la voiture se distingue comme ma mère lors d'une conférence sur les épouses soumises.

— Je te ramènerai, dit-il en ouvrant la porte.

Declan se glisse à côté de moi, fermant la porte avec un son qui me fait frissonner.

Nous sommes hermétiquement enfermés dans le cuir froid. Le séparateur est fermement relevé de sorte que nous ne sommes qu'un homme, une femme et un tas d'alcool à l'arrière d'une voiture plus grande que la plupart des dortoirs.

— Merci encore.

— Ce n'était rien.

— Au contraire.

Le baiser féroce et sauvage qu'il me donne avant que je ne puisse finir ma phrase arrache toute retenue que je prétendais avoir. Alors que sa bouche dévore la mienne, sa main se glisse sous la fine jupe de coton que je porte.

— Mmmm, une jupe, dit-il contre mes lèvres.

Apparemment, ma peau a la capacité de lui faire oublier des pans entiers de vocabulaire. Qui l'aurait cru ? Ses doigts en profitent et glissent le long de ma cuisse frémissante. Il ne joue pas.

Il est très, très sérieux.

Mais ce n'est pas censé être le jour J. *Le jour J* est censé être soigneusement planifié, avec des roses, de la nourriture raffinée et du vin, et une Shannon soigneusement manucurée. *Le jour J* implique une séance d'épilation intégrale, quelques coups dans les yeux avec la brosse à mascara de ma mère, et une visite dans un magasin de lingerie respirant l'autodénigrement, avec ma meilleure amie m'assurant que dépenser 200 dollars pour des morceaux de soie que Declan va m'arracher en quelques secondes vaut totalement le coup.

Maintenant ? Ici ? J'ai les poils des jambes moins nets que des pins cassés après une tempête de glace. Ma toison n'a pas été taillée depuis si longtemps qu'elle ressemble aux cheveux de Malcolm Gladwell. De petites créatures des bois y ont probablement élu domicile, et bien que j'aie (Dieu merci) pris une douche ce matin, ce n'est pas comme si j'avais l'intention de faire nettoyer mes toiles d'araignée aujourd'hui.

Pourquoi aujourd'hui ?

Je sens son souffle lent contre moi. Son corps recroquevillé sur le mien, qui me domine. Il est si… mâle. Être ainsi désirée par un homme qui détrônerait de loin tous les autres pénis dans une pièce est particulièrement excitant, et ma raison se met en pause lorsque le corps prend le dessus, ses doigts facilitant le processus lorsqu'il trouve mon centre névralgique.

C'est peut-être bien un dieu après tout.

La façon dont il me caresse, lentement et délibérément, alors que sa langue travaille de concert avec ses doigts, me faisant saliver et humidifiant mon intimité, fait monter mon désir en flèche. Je suis plus que prête.

Je le veux tellement.

La voiture s'éloigne du trottoir et je glousse en faisant une embardée, son érection pressant contre ma hanche. Son visage est assombri par le désir. Mon corps est trempé d'envie. Nous sommes faits pour nous imbriquer, là, dans cette limousine.

Je défais son pantalon pour le prendre en main. Je l'entends aspirer l'air entre ses dents, et c'est la plus belle des récompenses. Je baisse suffisamment son pantalon pour regarder et voir ce que je n'ai jamais eu l'occasion de regarder avant que nous soyons si brutalement interrompus par l'Abeille qui a failli tuer Shannon.

Il est beau. Épais et veineux et grand. Sa peau est douce et vulnérable.

— Je ne t'ai pas cassé le pénis après tout, dis-je.

Je peux voir une petite marque de piqûre avec un bleu qui s'estompe, à moins d'un centimètre de la base de son pénis. Si j'avais dévié un peu plus…

— Non, en effet. Mais peut-être que tu le feras ce soir. De la meilleure des façons.

Ses mains caressent mon dos, effleurant la surface de ma peau, puis me pressent avec plus d'insistance.

Je ris, ressentant une impatience grandissante.

— Est-ce que tu m'évalues ? Suis-je agréable à regarder ? demande-t-il en riant. Tu as ouvert ton application pour donner ton avis ?

En guise de réponse, je le libère et je le pousse contre le siège. Je passe une jambe par-dessus son genou et le chevauche, m'installant sur son moi déchaîné. Le fin triangle de coton de ma culotte est la seule chose qui nous sépare.

— Tu fais partie d'un nouveau projet. Le projet Un Milliardaire sinon rien.

Je me tortille juste assez pour le faire gémir.

Ses mains se glissent sous mon chemisier et m'englobent les seins. Puis il dégrafe mon soutien-gorge en un geste délicat qui me fait gémir, et presse ses mains grandes et fortes sur mes seins.

— Comment je m'en sors jusqu'à présent ?

Je fais un bruit de réflexion.

— Hum. Six sur dix.

Il hausse un sourcil, visiblement mécontent.

— Six ? Je ne suis pas un *six*.

Je me tortille contre lui. Sa hampe appuie contre mon bouton, et mes mots sortent en tremblant.

— Non, tu n'es pas un six. Je ferme un œil et je glisse vers le haut, en frissonnant. Peut-être un sept ?

Ses abdos se contractent, et sa hampe se soulève juste

assez pour faire apparaître de petits points lumineux dans mon champ de vision.

— Six ? Allons-y pour dix, insiste-t-il.

Il m'arrache alors ma culotte, provoquant une vive douleur au niveau de ma hanche. Tout ce qui nous sépare désormais est quelque chose de plus profond que la décence.

Declan le sent aussi, et s'écarte juste assez pour fouiller dans sa poche arrière et récupérer son portefeuille. Il en sort un préservatif et l'enfile tandis que je regarde ses mains, son visage, m'émerveillant de l'irréalité du moment.

Pourtant, cela semble plus réel que tout ce que je peux imaginer.

Il me ramène sur ses genoux et je passe mes cuisses autour de ses hanches. Sa verge est à l'entrée de ma grotte, tel un phare. Nos palpitations mutuelles font battre nos deux pouls en cadence.

L'instant d'après, il est en moi. Il m'embrasse dans le cou, passe mon chemisier au-dessus de ma tête. Mon soutien-gorge est accroché à une poignée de portière et il intensifie les coups de reins, frottant ses pouces sur mes tétons. Mon corps brûle de désir. J'en veux plus.

Encore, encore, encore.

Je frissonne de le sentir en moi, de sentir ses mouvements tandis qu'il m'embrasse, me couvrant de baisers lents, langoureux, si délicieux et pleins de patience. Le genre de baiser que l'on donne à quelqu'un quand on est sincère. Quand on veut être avec cette personne.

Quand elle nous suffit.

Largement.

— J'ai envie de toi depuis notre première rencontre, dit-il, l'air grave et la respiration haletante, ses mains de chaque côté de mon visage, ses yeux rivés sur les miens.

Une mèche lui tombe sur le front et sa barbe du jour lui donne un air canaille, alors même qu'il est tendre et aimant.

— Tu me fascines, Shannon. J'ai plus envie de toi que je ne veux avoir le contrôle, et aucune femme ne m'a jamais fait cet effet. J'ai fui cette négociation pour une fusion en Nouvelle-Zélande parce que je n'arrêtais pas de regarder nos textos et de me demander pourquoi je me contentais de photos de toi alors que je pouvais être en toi…

Oh !

Je ne trouve pas les mots. Il martèle mon intimité et je halète, me serrant autour lui.

Il gémit et rompt notre contact visuel, m'attirant à lui pour un baiser qui a le goût des promesses et du désir.

— J'avais besoin de toi. J'ai besoin de toi. J'ai besoin de ça, dit-il, en ramenant ses hanches vers l'arrière, en contractant ses abdominaux, puis en s'enfonçant de nouveau en moi.

Je bascule la tête en arrière ; la sensation est trop intense pour être absorbée par une seule partie de mon être. Mes bras, mon visage, ma peau rougie, tout semble faire partie de Declan, et il fait partie de moi, et nous faisons tous les deux partie du ciel, des nuages, de l'univers.

— J'ai besoin de toi aussi, Declan, dis-je en penchant la tête vers le bas et en déboutonnant sa chemise.

Je passe mes paumes sur ses pectoraux et la sensation

de sa peau chaude me rend plus humide encore. La chaleur se dégageant de nos ébats est comme ma propre étoile, brillante et radieuse.

— Je n'arrive pas à croire que ça arrive vraiment. Que tu sois avec moi. Qu'on fasse ça.

— Tu es tellement chaude, humide et serrée, gémit-il.

J'arrête de bouger, je resserre mes muscles, et il émet un son primitif à la fois menaçant et satisfaisant. C'est moi qui lui fais cet effet. *Moi.* Ses pouces me caressent les hanches et je sursaute, prise d'un picotement furtif. Je prends soudain conscience de moi alors que sa main caresse mon ventre sous ma jupe, son pouce descendant vers l'endroit que j'ai si envie qu'il touche.

Mais sa paume sur mon ventre me fait penser à mes formes. Ma graisse abondante. Mes kilos en trop. Mon *trop-plein.*

Il fronce les sourcils, observant mon visage.

— Qu'est-ce qui ne va pas ?

— Rien.

Le mot sort, chuchoté et forcé, comme une pom-pom girl qui a raté une figure, mais qui, dans le déni, termine quand même son programme. *Bon sang. Ne fais pas ça, Shannon. Ne gâche pas tout.* On aurait pu penser que j'aurais ressenti ça lorsque nous étions au parc, ou la première fois que nous nous sommes embrassés, ou les fois où il m'a touchée intimement, et pourtant... non. Il me fallait être dans une limousine, entourée par les pièges de la richesse et du statut pour que je ressente ce sentiment d'inadéquation, tout à coup.

Je sais exactement pourquoi, et ça craint.

La première fois que Steve a laissé entendre que je

n'étais peut-être pas à la hauteur, c'était bien sûr dans une limousine. J'étais en première année d'université et nous étions en route pour un événement visant à entretenir son réseau. Il m'avait dévisagée de la tête aux pieds et avait trouvé ma robe « un peu dépassée » et m'avait demandé si j'avais fait assez d'exercice ces derniers temps.

J'avais mangé une petite salade au dîner ce soir-là.

Declan penche la tête et me fixe, me caressant de son pouce jusqu'à ce que je bouge involontairement, ma conscience de moi remplacée par une vague intérieure croissante.

— Dis-moi, murmure-t-il.

— Non, vraiment.

Les cercles lents qu'il trace dans ma chair la plus intime sont comme un langage qu'il transmet par ces pressions de doigts exaspérantes.

— Dis-moi, répète-t-il d'une voix qui montre clairement que je ne peux pas m'échapper.

— C'est… mon corps.

Alors que le soleil descend, les ombres extérieures passent comme une foule en mouvement, sauf que c'est nous qui bougeons. La limousine glisse à gauche, puis à droite, et Declan et moi nous laissons porter, ces micro-mouvements me procurant des vagues de plaisir alors qu'il touche des points qui me font frissonner comme jamais.

— Ton corps est…

Sa voix se brise tandis que ses yeux me scrutent, méthodiques et appréciateurs. Je ne suis pas habituée à cela. Le sexe, c'est tâtonner frénétiquement dans l'obscurité, où je me réjouis de la couverture des ténèbres. Ce que Steve ou d'autres amants ressentaient lorsqu'ils touchaient ma peau était tellement plus facile à gérer que s'ils avaient pu me regarder. Quand ils me touchaient sous la couette ou dans l'obscurité, je pouvais apprécier le moment.

J'observe Declan qui me regarde et je sens ma conscience fondre, comme une couche de peau qui se détacherait doucement. Ses yeux sont obscurcis par le désir, et alors que son regard se pose sur mes seins, j'arrive presque à le sentir. Ses yeux sont comme des doigts à la recherche de vérité et d'amour.

— Ton corps est magnifique, dit-il d'un ton sévère, comme pour contredire quiconque prétendrait le contraire.

Et c'est ce qu'il fait. Il contredit toutes les voix qui me disent que je suis imparfaite. Ces moments où Steve regardait les femmes minces en public, ou l'*embarras* de dire à une vendeuse que j'avais besoin d'une taille 44.

C'est comme une petite voix dans ma tête qui tourne en boucle et me rappelle la peau flasque de mon ventre, ma poitrine généreuse qui ne rentre jamais tout à fait dans les bonnets de mon soutien-gorge, mon pantalon qui ne se lisse pas bien à la taille, mes mollets épais et musclés qui frottent contre son pantalon coupé sur mesure.

Cette voix.

— Magnifique, dit-il avec un tendre coup de reins, m'attirant vers lui pour un baiser.

Sa langue se glisse entre mes lèvres et il me redit combien je suis belle, mais avec sa bouche cette fois. Le désir me traverse comme de la lave et je fusionne avec lui, à l'intérieur comme à l'extérieur, tandis qu'une vague d'émotion me submerge.

— Qui t'a dit le contraire ?

La tristesse de son ton me réjouit. Avec sa désapprobation, il corrige le critique froid qui est à l'origine de tout ça, celui qui a semé en moi la graine de l'incertitude.

Le type qui m'a fait sentir que je n'étais pas assez – parce que j'étais un peu trop.

— Cette personne avait *tort*.

L'accent mis sur le dernier mot me fait frémir.

— Parfait et mûr et chaud, chuchote-t-il, me faisant fondre davantage.

La sensation de sa peau bronzée sous mes mains, la façon dont ses yeux semblent si intéressés et captivés, les mots sur ses lèvres tandis qu'il me fait des confidences que je peine à saisir parce que oh – *oh !* – ses mouvements me transportent désormais dans des endroits où les mots ne sont que des formalités.

Où les sensations sont la langue de prédilection.

Il trace d'un doigt une ligne entre mes seins et plante un baiser dans la vallée.

— Tu es tout ce que je veux, murmure-t-il, la tension dans sa voix grandissant alors qu'il s'approche de son propre point de non-retour.

Il prend l'un de mes mamelons durs dans sa bouche et cette sensation de chaude humidité me fait me contracter, ce qui le fait gémir.

Pas de mots. Je sens la pression du siège en cuir sur mes genoux et il écarte mes cheveux de mon visage, les mettant derrière mon oreille avec une grande précision tandis qu'il lèche ma poitrine et me fait m'arrêter. Arrêter de penser, de me tortiller, arrêter le monde, arrêter le *temps*, parce que je suis tout et rien dans ses bras.

Mon propre corps se frotte contre le sien, suivant son rythme. Puis, sans prévenir, il se retrouve sur moi, hors de moi. Je sens la frustration m'envahir, je veux qu'il revienne. Le bras de Declan s'enroule autour de ma taille et il me place sans effort sous lui. La banquette arrière de la limousine est si large qu'on peut s'y asseoir confortablement. Nos cuisses sont couvertes de sueur et plus encore, son visage est rempli de passion et d'un sérieux alléchant qui me rappelle ses mots.

— Toi aussi, tu es beau, murmuré-je en le regardant

Une certaine fébrilité s'empare de nous, en cet instant intemporel précédant le franchissement du mur invisible. Le mur qui sépare chaque couple avant d'être franchi sciemment – *délibérément* – fusionnant deux êtres distincts en une seule chair, un seul désir, un seul besoin.

Un même orgasme. Se donner à une autre personne est une chose. Lâcher vraiment prise en est une autre.

— Je ne savais pas qu'il existait des hommes comme toi, ajouté-je en écartant une mèche de cheveux de son visage.

Il fait preuve d'une extrême intensité. Il est totalement concentré sur moi. Le regard vif, il vit pleinement l'instant. Nous nous apprêtons à franchir un cap. Trop de choses se bousculent en moi, il faut qu'elles sortent.

— Tu me donnes l'impression que je vaux quelque chose, Declan. Personne n'a jamais fait ça auparavant.

Nos haleines se mêlent dans l'espace exigu qui nous sépare. Mes jambes se resserrent autour de lui. Mon corps et mon cœur veulent être le plus près possible de lui. Il faudrait que je rampe en lui pour être plus près. Je tremble de tout mon être. Je n'ai jamais ressenti cela auparavant.

— Je ne voudrais que tu changes pour rien au monde, Shannon.

Je lui adresse un large sourire alors qu'il rentre en moi. Il baisse la tête pour m'embrasser. Sa bouche me fait l'effet du feu et de glace alors qu'il enchaîne les coups de reins. Mon corps est pris d'une sorte de folie : j'aimerais être libérée et en même temps, je ne peux pas m'empêcher de m'accrocher à lui.

Ses mains reposent sur ma taille alors qu'il se serre. Je sens son visage chaud sur le mien. Nos corps sont à moitié nus. Cela semble si illicite, si coquin, et alors que la limousine s'arrête à un feu rouge, un panache massif d'audace s'épanouit en moi.

C'est ce que je suis. C'est Declan que je veux. Son visage change à mesure qu'il enchaîne les coups de reins. Mes jambes tremblent et mes mains cherchent sa peau nue. Notre connexion se transforme en un instinct primaire illicite.

Il se penche alors, toujours aux commandes, passe la main entre mes jambes et me touche là où j'en ai le plus besoin. Je gémis alors son nom avec fièvre, mon orgasme éclatant sans retenue. J'enchaîne murmures et gémissements, les doigts s'enfonçant dans ses épaules alors qu'il me halète de jouir, de jouir, de *jouir*.

Je jouis.

Il se joint à moi. Son torse et sa poitrine tendus, il enfonce ses mains dans la banquette en cuir de chaque côté de moi. Mes jambes sont enroulées autour de sa taille. J'entends ses murmures dans mon oreille alors qu'il me mord le lobe et frémit comme s'il était captivé par une série de prières à un dieu auquel je peux croire. L'air autour de nous est chaud et épicé. Les parfums d'une femme et d'un homme qui se mélangent, l'odeur du sexe et de la sueur, du parfum et de l'eau de Cologne s'infiltrent dans mon cerveau.

C'est l'odeur d'une folle partie de jambes en l'air. Yankee Candle devrait la breveter.

— Oh, toi, dit-il dans un souffle, en se retirant de moi et en se retournant.

Il enlève le préservatif et le jette discrètement dans une petite poubelle avec un petit couvercle qui me fait rire. Je ne sais pas pourquoi. Je suis prise d'un fou rire incontrôlable.

— C'est une première, dit-il.

— Faire l'amour dans une limousine ? haleté-je entre deux éclats de rire.

Il a un regard étonnamment penaud.

— heu, non, dit-il lentement.

Mais sans s'excuser.

Ce virage maladroit de la conversation aurait pu gâcher l'ambiance, mais ce n'est pas le cas. Je ris de plus belle. L'absurdité me fait rire. Faire l'amour pour la première fois depuis un an me fait rire. Baiser avec Declan à l'arrière d'une limousine me fait bafouiller.

— Qu'est-ce qui est une première, alors ?

— Une femme prise d'un fou rire après avoir couché avec moi. La plupart ne trouvent pas ça si… comique.

— Je viens de faire l'amour dans une limousine, expliqué-je.

— Tu sais ce qui vient ensuite ? dit-il en remontant son pantalon, en refermant sa braguette et en reboutonnant sa chemise.

Je me rends compte que je suis complètement nue à partir de la taille et je me précipite pour retrouver mon chemisier, incapable de penser. Nue ! Dans une limousine ! Avec le Beau Gosse ! En train de rire !

— Quoi ? demandé-je en mettant mes bras dans mes manches et en passant mon chemisier au-dessus de ma tête.

Attendez. Où est mon soutien-gorge ? Oh. Le voilà. Accroché à la poignée de la portière, une bretelle enroulée autour du métal luisant, l'autre sur le goulot d'une carafe en cristal contenant un liquide ambré, se prélassant paresseusement.

— Faire l'amour dans un hélicoptère.

CHAPITRE 6

— Est-ce une promesse ou une menace ? demandé-je alors que ma tête passe à travers le col de mon chemisier, mes cheveux se prenant dedans.

Je suis en sueur et j'ai l'impression d'avoir escaladé le mont Declan. Mes jambes sont douloureuses et mon corps bourdonne. Mais *ahhh,* le sommet était sacrément beau, et la vue…

— Les deux.

Il rit et passe sa main sur ma cuisse.

— Les deux me vont.

Je ferme les yeux, en essayant de ne pas grimacer quand je le sens frôler ma jambe décidément pas lisse.

Il sent le changement en moi et caresse ma mâchoire de ses doigts, me forçant gentiment à le regarder.

— Qu'est-ce qu'il y a ?

C'est le moment où chaque femme doit trouver l'équilibre entre dire quelque chose d'« acceptable » et dire la vérité. Je suis assise dans une limousine avec un homme qui détient plus de pouvoir que deux cents moi réunis, et tout ce à quoi je pense, ce sont mes tibias poilus.

Mon esprit torturé hésite entre deux options diamétralement opposées :

Il est différent. Réel et authentique. Vas-y !

et

Il est à peu près aussi intéressé par la vérité que d'aller chez CVS t'acheter un paquet de tampons.

J'opte pour le premier choix, car le sourire effronté qu'il me lance en ce moment est si authentique qu'il me semble juste d'être honnête et ouverte, vulnérable et réelle, et de cesser de me préoccuper de ce que je pense qu'il pense.

Et si j'essayais tout simplement de dire ce que je pense ?

Respire profondément. Respire profondément. La voiture fait une embardée et sa main se serre sur ma cuisse. Il passe l'autre bras autour de moi dans un geste protecteur. Je me blottis contre lui et lui dis :

— Je n'étais pas vraiment préparée pour un rendez-vous.

Je passe ma propre main contre mes jambes et je dis :

— *Skritch skritch skritch.*

Et puis je ferme les yeux et je souhaite qu'une tornade apparaisse et m'emporte pour que je puisse me réveiller et réaliser que tout cela n'est qu'un rêve. En plus, les chaussures en rubis seraient un bel ajout à ma garde-robe.

Je n'arrive pas à croire que je viens de dire ça. Skritch ? Je me suis prise pour quoi, un personnage de l'*Âge de glace* ?

— Des bruitages ?

Son rire tonitruant remplit la voiture. Des lumières brillantes parsèment l'horizon alors que le soleil finit de se coucher, et je me rends compte que nous sommes dans un petit aéroport.

— J'ai le droit à des bruitages ?

Il passe sa main le long de ma jambe et entre mes cuisses. Un coup de chaleur et une nouvelle vague d'excitation me remplissent. Comment est-il possible que j'aie encore envie de lui ?

— J'aime les bruitages, ajoute-t-il, mais ceux que tu as réalisés il y a quelques minutes étaient vraiment meilleurs.

— Je…

Mes lèvres se liquéfient, comme s'il venait de m'administrer dix fois mon poids en Novocaïne.

— Si je veux une femme douce, je te mettrai dans ma baignoire à pieds à la maison et je te raserai moi-même, dit-il.

Clignement d'yeux.

— Je vais te faire couler un bain chaud, te déshabiller de mes propres mains, te savonner et te faire…

Il se lèche les lèvres et me regarde de haut en bas, puis continue.

— … du bien. Et c'est une promesse, ajoute-t-il, en se penchant pour m'embrasser passionnément.

Je peux voir la scène dans ses yeux.

La voiture ralentit et le moteur s'éteint. Je suis incapable de parler. De bouger. De réfléchir. Je suis un énorme tas d'hormones en ébullition.

Declan s'écarte et désigne par la fenêtre un hélicoptère. Une élégante machine noire qui semble tout droit sortie d'un film. On dirait la version insecte d'un Transformer.

— Tu es qui, Batman ? demandé-je alors que je retrouve l'usage de la parole.

Je suis émerveillée. Un pilote avec un casque est aux commandes, et les pales ne bougent pas. Les lumières clignotent et Declan sort de la limousine, saluant le chauffeur, qui se rassoit sur le siège conducteur.

Je sors sur des jambes qui me semblent fortes et employées à bon escient. Les pales de l'hélicoptère entament un cercle lent et le son monte en régime.

— J'aimerais bien. Mais tu devras te contenter du bon vieux Declan, crie-t-il.

— « Se contenter » n'est pas le terme que je choisirai, rétorqué-je.

Il met une main sur son oreille et secoue la tête. Il ne m'a pas entendue. Mais ce n'est pas grave, parce qu'il n'en a pas besoin.

Le sol semble élastique sous mes pieds. Je tiens mes cheveux d'une main pour les empêcher de fouetter mon visage pendant que les pales de l'hélicoptère prennent de la vitesse. Le vent créé par la machine est magique. L'engin est sur le point de nous élever dans les airs, au-dessus de la ville. Je n'ai aucune idée de l'endroit où Declan m'emmène et je m'en fiche. Mon corps palpite et j'ai du mal à me remettre de nos ébats dans la limousine, mais j'ai l'impression que...

Ce n'était que le début.

Faire l'amour dans un hélicoptère ? Pas question. Le pilote me fait un signe de tête, les moteurs rugissent si fort que je n'entends rien. Declan me tend un casque que je mets, étouffant le bruit de *tchak tchak tchak*.

— Bienvenue à bord, Mme Jacoby, dit une voix nouvelle pour moi.

Le pilote m'adresse un signe de la main.

— C'est Joel, explique la voix de Declan qui crépite dans le casque.

Il montre un petit bouton sur son propre casque et je me rends compte que c'est le contrôle du volume. Je manipule le mien et je règle le son au bon niveau. Il suffit de parler normalement.

Joel adresse tout un tas de messages techniques au personnel de la tour de contrôle. Il pourrait tout aussi bien jeter un sort ou demander l'itinéraire de Poudlard. Les mots et les chiffres n'ont aucun sens pour moi, mais je suis tout de même impressionnée. Qu'un être humain puisse apprendre à piloter un tel engin, non seulement dans l'espace, mais aussi dans l'espace tridimensionnel, est étonnant.

Conduire une voiture sur le sol est déjà assez difficile, mais savoir dans quelle direction vous allez et suivre votre position à la verticale ? C'est comme se frotter le ventre, se tapoter la tête et jouer à Farmville en chantant l'hymne national.

Et c'est pour ça que je ne suis jamais devenue pilote. Ça, et mon échec en cours de physique pour les débutants. Peu glorieux.

Declan parle ce même langage codé avec Joel. Sa hanche s'enfonce profondément dans la mienne alors que nous nous entassons l'un à côté de l'autre dans l'hélicoptère. Il ferme la porte et le bruit des pales change. C'est comme si quelqu'un avait mis un oreiller de plumes dessus. L'hélicoptère commence à bouger et je lui enfonce mes doigts dans la cuisse.

Il me sourit, et je fixe sa barbe naissante, ses fossettes et ses iris brillants. Un bras rassurant s'enroule autour de moi.

— Le décollage est toujours le plus difficile, dit-il.

— Je parie que tu dis ça à toutes les filles.

Joel renifle, puis coupe son micro. Declan lui lance un regard contrarié, mais reporte son attention sur moi.

— Je n'ai jamais emmené une femme dans mon hélicoptère avant. Pas pour un rencard.

— C'est comme ça que tu appelles ça ?

Je ne peux pas m'empêcher de le toucher. Ma main se dirige vers le col de sa chemise, où une petite touffe de poils noirs recouvre sa clavicule. J'ai envie de le goûter. De le lécher. De blottir ma joue contre sa poitrine et d'entendre son cœur battre. Je veux qu'il soit à nouveau en moi, le sentir se libérer, s'abandonner à moi.

Ma vie est totalement chamboulée. Il y a quelques semaines, je savais ce que me réservaient mes journées. Certes, je ne pouvais pas planifier méticuleusement chaque jour, en dépit de mes efforts, mais un certain contentement rendait chaque semaine assez prévisible. Établie. Relativement confortable, bien qu'un peu solitaire. Me lever, prendre un café, aller au travail, faire des visites mystères, préparer des présentations, rentrer à la maison voir Chatounet, traîner avec Amy et Amanda.

Et rebelote.

Conduire ma voiture pourrie. Dîner chez papa et

maman. Trop penser et tout planifier à l'excès, puis ressasser ma tendance à trop penser et à trop planifier.

Un milliardaire comme Declan ne faisait certainement pas partie du plan. Il ne faisait même pas partie de mes fantasmes, qui avaient pris un virage étrange vers le royaume des superhéros. Si vous ne pouvez pas avoir Superman, vous pouvez vous lancer dans des rêves de plan à trois avec Iron Man et Loki.

Mais ma blague sur Batman n'était qu'une blague.

Declan vaut mieux que les Avengers et les X-Men réunis. Alors que je caresse le tissu fin de son pantalon de costume en laine, je sens sa cuisse bouger sous mes doigts. Je le sens réagir sous ma paume. Sa chair frissonne quand je le malaxe, me concentrant sur sa réaction. Il inspire lentement et pose son menton sur le haut de ma tête, en fermant les yeux.

Il aime ça. Il me laisser l'explorer, confirmer qu'il est réel. Il se soumet à mon inventaire. Son avant-bras. Ses biceps. Son torse. La peau de sa joue entre en contact avec ma pommette et je me laisse aller contre lui. Nos corps s'emboîtent parfaitement. Nous allons bien ensemble.

Nous.

Nous ne pouvons pas nous dire un mot pour l'instant, à moins que nous ne voulions que le pilote entende, alors nous restons assis en silence. Ses mains imitent les miennes, retraçant la topographie de mon anatomie. La façon dont il me touche me fait me sentir désirée. Appréciée. Ce n'est pas seulement qu'il a envie de moi, car cela peut arriver à tout le monde.

Non, avec lui, je me sens *chérie*.

— Regarde le match des Red Sox, dit-il en désignant le stade Fenway Park bien éclairé.

C'est un match de présaison. Tout le monde semble si petit, si insignifiant, et pourtant des milliers – des dizaines de milliers – de personnes sont rassemblées pour regarder le match, pour faire la fête, pour ne faire qu'un avec l'énergie de la foule.

Pendant une fraction de seconde, j'aimerais qu'Amanda soit là. Faire l'amour dans une limousine avec un quasi-milliardaire ! Et un homme sexy qui ressemble aux mannequins qui font la couverture de *Men's Health*. Regarder un match des Red Sox depuis les airs, en survolant les lumières étincelantes de la ville.

Moi, *Shannon* avec Declan McCormick.

Puis… mon propre esprit effectue un virage à 180 degrés. Parfois, les moments de clairvoyance arrivent quand on s'y attend le moins, et c'est l'un de ces moments.

Vous ne pouvez pas y croire parce que vous ne vous y autorisez pas. Libérez-vous de l'obstacle de votre moi et imaginez tout ce que vous pourriez faire et être de plus.

Vous pourriez être chérie.

Je sens les larmes monter. Ma gorge me fait mal. J'ai dans la bouche un goût amer et écœurant. Je me penche vers Declan et je presse mon oreille contre son cœur, réchauffant ainsi le tissu fin et froid de sa chemise. Une larme vient gâcher la blancheur parfaite du vêtement et je m'en fiche.

Toum-toum. Toum-toum. Toum-toum. Stable et fort, son cœur continue à battre à un rythme régulier. Je me demande s'il est toujours comme ça. Si calme, si confiant.

Sans être prétentieux ni vantard, Declan parvient à incarner tant de qualités que je recherchais chez un homme, mais que je pensais être du domaine du fantasme.

Il n'a rien à voir avec mon père, qui est un homme doux et qui ne porte pas de jugement. Mais qui n'est pas du style dominateur. Je ne l'ai jamais vu prendre de décisions en une fraction de seconde, évaluer le caractère et le comportement d'une personne, et encore moins catégoriser quelqu'un en fonction de sa réaction. Quand mon père entre dans une pièce, ce n'est pas avec le sentiment d'être aux commandes. Il est beaucoup de choses merveilleuses, mais Jason Jacoby est tout sauf le chef d'une meute.

Et c'est bien ainsi. Vraiment. Parce que j'aime mon père, mais je veux un homme qui soit complètement différent.

— Nous y sommes presque, dit Declan en désignant par la fenêtre les lumières dispersées en dessous.

Je suis tellement plongée dans mes pensées que j'arrive à oublier de regarder dehors, pour voir le spectacle qui se déroule sous nos yeux. La ville est désormais plongée dans une obscurité totale. C'est une nuit sans lune, et dans le ciel, l'air a un côté intrigant. Sans l'orbe blanc brillant dans le ciel pour nous guider, les mouvements de l'hélicoptère semblent plus que surréalistes, comme le Space Mountain de Disney sans bâtiment fermé, rails ou autre.

Nous descendons et apercevons de plus près la ville qui se déroule sous nos yeux. Une longue parcelle de néant apparaît soudain devant nous. L'hélicoptère descend et nous survolons rapidement l'eau. Declan m'embrasse l'oreille et je vois les moutons blancs des vagues sous nos pieds. Mon corps est vidé. Je suis fatiguée et épuisée, mais je suis aussi excitée. Et ça ne vient pas de la balade en hélicoptère.

C'est le fait de savoir qu'il y a encore tant à venir.

Joel répète un tas de chiffres et de phrases, puis soudain, nous planons à quelques mètres du sol sur une petite île. Juste à côté de nous se trouve un haut bâtiment éclairé. Le vol en lui-même a été rapide, si rapide que nous devons être sur une des îles du port de Boston. Je serai bien incapable de dire laquelle. Le haut bâtiment éclairé est un phare, du genre ancien. Le faisceau du phare est orienté vers la mer et une petite voiturette de golf est garée à côté de la structure.

— Je coupe les moteurs, explique Joel.

Je reste bien à ma place, les vibrations de l'hélicoptère faisant vibrer ma peau. Je suis assoiffée, et pile au moment où les pales émettent leur dernier soupir, mon estomac grogne plus fort qu'un ours zombie qui serait tombé sur de la cervelle de raton laveur fraîche.

— Tu as faim ?

— Je suis affamée.

Declan a l'air satisfait, comme s'il cachait quelque chose dont il est fier.

— Tant mieux. Tu vas aimer ce qui va suivre.

Tant que tu t'occupes de moi, me dis-je en mon for intérieur. Il me lance un regard qui m'indique qu'il a lu dans mes pensées.

Je suis à peu près aussi gracieuse qu'un éléphant à trois pattes souffrant d'arthrite lorsque je descends de l'hélicoptère, réussissant je ne sais comment à marcher sur le pied de Declan et à lui donner un coup de coude dans les abdos lorsqu'il m'aide à descendre. Joel lève le pouce et s'éloigne tandis que Declan me prend par le coude et m'escorte jusqu'à une petite porte au pied du phare.

— Je suppose que nous sommes toujours aux États-Unis ? demandé-je. Parce que j'ai laissé mon passeport à la maison.

— Heureux de savoir que tu en as un, dit-il en ouvrant la porte en bois abîmée.

Sa peinture est usée. Le vieux chêne foncé apparaît sous la peinture blanche aussi délavée que de vieux os laissés au soleil pendant trop d'étés. Un étroit escalier tout en béton, datant d'une époque où j'imagine les puritains le mélanger à la main, se recroqueville vers le ciel en une spirale vertigineuse. Je respire le parfum du sel de mer et des siècles.

Mais ses paroles me réchauffent. Où pourrions-nous aller ? Où m'emmènerait-il ? Cela n'a aucune importance, tant que je suis avec lui. Il a fait des allusions à la Nouvelle-Zélande la semaine dernière, mais je pensais qu'il plaisantait.

Je suppose que non. J'ai mal au cou à force de regarder fixement en l'air. Le sommet du phare est caché par un plafond.

— Où sommes-nous ? demandé-je.

Je vois les escaliers décrire une courbe en haut puis s'arrêter.

— Je voulais t'emmener dans un endroit où tu n'es jamais allée. Trouver un restaurant dans lequel une cliente mystère n'a jamais mangé et qu'elle n'a jamais évalué est une tâche ardue. Mais je pense que j'ai été à la hauteur de la situation.

Il pose une main sur le bas de mon dos pour que je rentre à l'intérieur. Mes chaussures frottent contre la vieille pierre.

La porte principale se referme et le son résonne, se propageant vers le ciel.

— Je pense que tu as réussi, chuchoté-je.

Ma voix résonne. Je frissonne involontairement, et le bras de Declan s'enroule instantanément autour de moi, m'attirant vers sa chaleur.

— Tu as peur ? demande-t-il, amusé.

— Non, protesté-je. Il fait juste un peu froid. Et sombre.

Des lampes à gaz vacillantes éclairent le chemin, comme dans un roman gothique. Declan a clairement un penchant pour ce genre d'endroits. Les murs me rappellent un mausolée dont les noms et les dates sont gravés dans les pierres de la façade.

— Ne t'inquiète pas, dit-il, en s'écartant et en me faisant signe de monter en premier les escaliers. Les menottes de la chambre de torture sont doublées d'une belle toison épaisse de sherpa.

CHAPITRE 7

Je m'arrête si vite que son front s'enfonce dans mes fesses. Je sens *très bien* qu'il est à la hauteur de la situation.

— Hein ?

— C'était une blague.

Je me retourne et je lui fais face. Ses lèvres témoignent d'un amusement qu'il peine à contenir.

— Regarde ici, mon pote, dis-je, en posant mon doigt sur son torse parfait. On n'est pas dans l'un de ces livres où le milliardaire arrache la pauvre stagiaire sous-payée à sa vie horrible et où ils découvrent un style de vie BDSM mutuellement bénéfique, OK ?

Il fait semblant d'être penaud.

— Oh. D'accord. Alors je vais appeler Joel et on te ramènera à la maison.

Il fouille dans sa poche arrière pour trouver son téléphone et fait semblant de composer un numéro. Je vois bien qu'il est en fait sur ESPN et qu'il consulte les scores. Les Red Sox jouent en ce moment même à Fenway. Je le sais parce que nous les avons survolés, et cela fait que cette soirée semble surréaliste.

Semble ? Elle *est* surréaliste. Magique. Un peu trop parfaite.

Mon estomac grogne en signe de protestation.

— Et le dîner ?

Je l'ignore et je commence à monter les escaliers. Il n'y a pas de rampe, alors je m'accroche aux pierres avec mes paumes, remerciant le ciel de ne pas porter de talons hauts.

— Belle vue, dit-il, étrangement proche de moi.

Une main chaude se glisse entre mes cuisses.

— Tiens, laisse-moi te donner un coup de main.

— Tu ne m'aides pas là.

Ses doigts glissent sous ma culotte déjà trempée et il effleure mon humidité. Nous nous arrêtons et je m'accroche au mur, les jambes encore plus faibles.

— Vraiment ? murmure-t-il contre ma nuque. Je ne te pensais pas si… douce.

— Qu'est-ce que c'est que ce ton mielleux ?

— En fait, dit-il, c'est toi qui es… mielleuse.

Aussi tentant que ce soit de le faire dans les escaliers, il y a un danger bien réel de dégringoler les marches en pierre et de finir à nouveau à l'hôpital et, pour ma part, je ne pourrais pas gérer émotionnellement deux rencards d'affilée se terminant par un formulaire d'admission aux urgences.

— Et si on montait voir ce que tu me réserves ?

Il prend ma main et la met sur sa braguette.

— Ce n'est pas tout à fait ce que je voulais dire, Declan.

Il passe devant moi, en s'assurant de presser chaque centimètre de son corps ciselé contre mes formes, montant les marches avec précaution jusqu'à ce que ses fesses soient juste sous mes yeux. C'est une vue fabuleuse.

— En temps normal, je dirais « les dames d'abord », mais là, tu procrastines alors…

— Tu me tripotes dans les escaliers et tu fais en sorte que je ne puisse même pas marcher ! En quoi est-ce de la procrastination ?

Mais je parle dans le vide, car alors que je prononce ces mots, il est à mi-chemin du sommet. Il fonce comme s'il était dans *The Amazing Race* et qu'il faisait partie de cette équipe agaçante au possible qui est toujours en avance sur tout le monde parce qu'elle est en forme et toutes ces conneries injustes.

Je poursuis donc mon ascension, une marche effrayante à la fois. Ma main effleure quelque chose de mou sur les pierres et je crie.

— Qu'est-ce qui ne va pas ? me lance-t-il.

Si j'avoue, il va se moquer de moi. Ou, pire encore, revenir ici et me rendre folle avec ses doigts, et nous nous tuerons en tombant dans les escaliers. Personne ne nous trouverait pendant des jours. Nous ferions la une de New England Cable News pendant des semaines.

Un milliardaire rencontre la mort avec une femme empotée. Ne manquez pas notre flash spécial à onze heures.

Je me force à presser le pas. Une fois que j'ai monté l'équivalent de trois étages, mes quadriceps sont au supplice.

Ils crient pour pouvoir s'enrouler autour de ses hanches.

Des arômes délicieux me chatouillent le nez lorsque j'entame le dernier virage des escaliers. Declan est là, me tenant la porte. Je dois me baisser pour entrer. De l'origan, du romarin et d'autres senteurs remplissent l'air, et lorsque je me redresse, je suis accueillie par une scène tout droit sortie d'un rêve.

De grandes fenêtres sculptées s'arquent vers un plafond plat, et l'océan nous entoure dans une vue à 360 degrés à couper le souffle. La pièce se trouve juste en dessous de ce que je suppose être le faisceau du phare, car un arc lumineux vient d'en haut à intervalles réguliers, conférant à la pièce un aspect éthéré et surnaturel, comme si Declan l'avait invoquée par magie.

Dans la pièce se trouve un petit poêle en stéatite où brûle un feu, bien utile pour réchauffer l'air, glacial à cette altitude et aussi loin dans le port. Deux grands canapés en forme de L entourent le poêle à bois, et une série de lampes en verre soufflé aux tons terreux et brique pendent du plafond. D'épais tapis persans recouvrent le plancher éliminé, un parquet en pin rappelant une époque très différente.

Une petite table dressée pour deux avec des bougies placées dans de grands seaux à crabes remplis de coquillages est la source de l'incroyable odeur qui me met l'eau à la bouche et amène mon estomac à demander grâce.

Declan a cet effet sur moi aussi, mais pour l'instant, je ne pense qu'au repas. J'ai besoin de calories. De me sustenter. De protéines, parce qu'un de ces canapés est gigantesque et couvert d'une montagne d'oreillers, et que toute la pièce ressemble à l'idée qu'une femme se fait du parfait antre de débauche.

Ce qu'elle est.

Le bras levé dans un geste de bienvenue, il m'invite à m'asseoir à la table. Je vois une assiette couverte de fraises nappées de chocolat, de fromage et une bouteille de vin blanc.

— Tu me connais bien.

— Je veux apprendre à mieux te connaître.

Declan tire la chaise et je m'assieds, tendant la main vers une des fraises sans réfléchir. Cette bouchée est sucrée et juteuse, le chocolat agréable et crémeux, et cette fois, il n'y a pas d'abeilles pour gâcher mon orgasme buccal.

Declan s'assoit en face de moi et se penche en arrière, les mains au niveau du nombril, le regard perçant.

— Tu viens souvent ici ? demande-t-il.

— Sympa la technique de drague, marmonné-je, la bouche pleine de délices.

J'avale et je le regarde également.

— Mais tu devrais savoir que je suis déjà conquise.

Son rire guttural me fait frissonner à tous les bons endroits. Encore ? *Encore ?* C'est l'heure des confidences : je n'ai jamais fait l'amour deux fois en une nuit avec un mec. Une fellation et l'amour ? Oui. Mais du vrai *sexe* deux fois dans la même nuit ? Négatif. Franchement, je ne sais plus quoi faire. Nous, heu, l'avons fait. À présent, nous sommes en train de dîner. Cette somptueuse pièce est uniquement conçue pour se rouler dans les draps.

Ou les non-draps. Nus sur ce canapé moelleux et

velouté. Ou le tapis. Ou juste… nus. N'importe où. Mes yeux dérivent vers les parois de verre face à l'océan. Le bruit des vagues venant s'écraser contre le rivage de l'île ressemble à celui du sang qui bat dans mes veines. Imaginez-vous faire l'amour tout en contemplant l'étendue de…

— Tu es bien pensive.

Declan nous verse du vin. Je n'ai même pas remarqué qu'il s'était levé pour déboucher la bouteille. Il commence à faire chaud. Je termine ma fraise et je lui souris, en tendant la main vers mon verre.

Que je bois rapidement en une série de gorgées qui rendrait fier n'importe quel joueur de la NBA lors des arrêts de jeu.

— C'est incroyable, Declan, dis-je en regardant autour de moi. Comment as-tu trouvé cet endroit ? Est-ce un restaurant ? Ça n'y ressemble pas.

— Il est à nous pour ce soir.

— C'est tout ? Allez. Dis-m'en plus.

Il sourit.

— Très bien. Je fais des dons à une société de préservation historique qui travaille à l'achat et à la restauration des phares. Celui-ci n'est pas en danger, mais beaucoup d'autres le sont. Je connais quelqu'un qui connaît quelqu'un qui a sacrifié quelques petits animaux pour me permettre d'accéder à cet endroit. C'est le seul phare situé à proximité de Boston en hélicoptère. J'ai engagé quelques personnes pour aménager l'endroit selon mes demandes et… nous y voilà.

— Je pense que la première fois que tu me dis autant de choses d'une traite.

Il hausse les épaules.

— Tu as insisté.

— Pourquoi ?

— Pourquoi as-tu insisté ?

— Non. Je veux dire, pourquoi tout ça ? Je lève les mains. Ça. Tu n'avais pas besoin de faire ça pour moi.

— Je n'en avais pas besoin. Je le voulais.

— Pourquoi ?

— Pour la même raison que tu es là.

Me libérer de cette voix lancinante répétant « pourquoi moi » est plus difficile que je ne le pensais. J'imagine Chatounet me regarder avec désapprobation, en secouant la tête. Cet homme vient de me faire l'amour dans une limousine, pour l'amour du ciel. Bien sûr qu'il me veut. Bien sûr qu'il m'apprécie. Au rythme où je vais, je vais tout gâcher, alors je dois m'en…

Libérer.

Délivrer.

Formidable. Maintenant, j'ai la chanson de *La Reine des neiges* en tête. Super. Pas de problème. Essayez de faire l'amour avec ça qui tourne en boucle dans votre tête. Les personnages de Disney ne font figure d'aphrodisiaques que pour les membres de FetLife.

Declan me regarde en plissant les yeux.

— Ton visage trahit vraiment tes émotions.

— Mes mains aussi, ajouté-je en les agitant.

Il n'a pas quitté sa veste de costume pendant tout ce temps – même quand nous faisions des cochonneries dans la limousine. Il l'enlève à présent, la posant sur le dossier d'une chaise de salle à manger recouverte de tissu avec un nœud élégant.

Je vois les muscles de ses épaules onduler sous sa

chemise et je me rends compte que je ne l'ai jamais vu nu. Je ne l'ai même jamais vu torse nu. Ma respiration se fait hachée quand je réalise que je suis vraiment là. M. Costume gris se tient devant moi dans un cadre intime et romantique qu'il a créé pour moi, et ça se passe dans la vraie vie.

Il déboutonne les manches de sa chemise et les retrousse. Je suis hypnotisée. Je ne peux pas m'empêcher de regarder ses doigts habiles bouger comme pour un spectacle. Les yeux baissés, il est concentré sur ce qu'il fait, se mettant à l'aise.

Il a passé tellement de temps à penser à mon confort. Concentré sur moi. Mes yeux le dévorent, appréciant non seulement la vue, mais aussi l'intimité de ce moment. Si simple. Si ordinaire. C'est simplement un homme en rendez-vous galant avec une femme qu'il fréquente depuis peu, qui retrousse ses manches après une longue journée au bureau, attendant de partager un dîner charmant et un moment sexy.

Sauf qu'il a traversé d'innombrables fuseaux horaires, interrompu mon pseudo-rendez-vous avec mon ignorant d'ex, batifolé avec moi dans une limousine, m'a emmenée en hélicoptère sur une île isolée, et maintenant m'a (volontairement) piégée sur cette île où tout peut arriver.

Pas ordinaire du tout.

— Ça te plaît ?

Sa voix est pareille à du lait chaud et du sucre caramélisé, des boudoirs imbibés de rhum avec un nappage au caramel fondant. C'est une invitation à passer un week-end à Martha's Vineyard sur la plage sans vêtements ni personne.

— J'aime vraiment ce que je vois.

Ça aide d'avoir récemment senti ses abdominaux sous moi rouler comme des boules de geisha, lisses, sexy, fermes et hypnotisants.

— Moi aussi.

Il me prend la main et sirote une longue gorgée de vin. Mon verre de tout à l'heure commence à me faire de l'effet, me détend, me donne envie de frotter mes jambes contre les draps de soie et les doux poils de ses jambes. J'imagine son corps nu et sa ligne de poils menant vers le bas…

Mais je n'ai pas besoin de l'imaginer, n'est-ce pas ? Je suis sur le point de le vivre.

Sans commentaire ni manières, Declan soulève les cloches de nos assiettes, révélant homard et steak.

— J'espère que tu n'es pas allergique aux crustacés, dit-il sèchement.

— Non, Dieu merci. J'adore le homard.

Nous nous sourions, mais quelque chose est différent. Je décide d'aborder le sujet.

— En parlant d'allergies, merci. Je ne savais pas pour ton frère.

— Forcément. Mais maintenant, oui.

Il prend ses couverts avec des mains fermes. Les miens tremblent comme un enfant de quatre ans sur un bâton sauteur le matin de Noël.

— Tant mieux pour moi, alors, tu étais équipé.

Il s'arrête à mi-bouchée.

— Oui, se contente-t-il de dire, puis il continue de manger.

Les lumières au-dessus de nous tourbillonnent, conférant à la pièce une lueur hypnotique.

— Comment Andrew fait-il dans la vie de tous les jours ?

Je prends une bouchée et j'attends sa réponse. Declan est calme. Il finit de manger, et j'ai l'impression qu'il ne veut pas en parler, mais moi oui. Hors de question que je fasse comme si ça n'était jamais arrivé.

— Le fait d'être si allergique ?

— Non, le fait d'être Green Lantern.

Il sourit.

— Tu m'as eu. Eh bien, il veille soigneusement à ne jamais se retrouver près d'une guêpe.

Je ris. Declan me verse un autre verre de vin. Je le remercie d'un signe de tête et il pose la bouteille sans remplir son propre verre.

— C'est impossible.

Il hausse les sourcils d'un air rieur.

— Si, c'est tout à fait possible. Il a des chauffeurs qui le rejoignent dans des parkings souterrains, il ne vole que de nuit par temps frais pour ces quelques mètres à faire à pied sur des tarmacs privés jusqu'au jet de la compagnie, et il fait du sport à l'intérieur.

— Il doit être plus pâle qu'un vampire.

Comme mon ventre, qui n'a pas vu la lumière du soleil depuis le sourire de Kristen Stewart.

— Les cabines de bronzage et les ampoules de vitamine D permettent d'y remédier.

Je mâche une savoureuse bouchée de homard pendant que je réfléchis à ses paroles.

— Tu plaisantes.

Il avale sa propre bouchée et termine son vin.

— Je suis tout à fait sérieux. C'est comme ça qu'il gère au quotidien.

Je suis stupéfaite. Au fil des ans, les allergologues m'ont conseillé de prendre des mesures pour réduire les risques, mais personne ne m'a jamais suggéré d'en arriver à de telles extrémités.

— Ses piqûres étaient si graves que ça ?

— Il n'a été piqué qu'une seule fois.

— Une fois ?

— Et sa gorge s'est refermée.

— Oh... C'est vraiment rare. Normalement, on n'a pas une réaction aussi grave la première fois qu'on se fait piquer.

— C'était assez grave pour qu'il perde connaissance. On l'a amené aux urgences à temps.

Je vois bien qu'il ne veut vraiment, vraiment pas en parler, mais cela me calme, me permets de me concentrer. En l'entendant parler de ses propres expériences et des allergies de son frère, j'ai moins l'impression d'être une curiosité.

— Ta mère et ton père ont dû paniquer.

— Ma mère était déjà morte.

Son visage devient un masque de pierre. Mon cœur se serre.

— Oh.

Que puis-je bien dire après ça ? La seule façon de réagir est d'engouffrer une bouchée de filet parfaitement cuit. Declan se sert un autre verre de vin, le remplissant presque à ras bord, puis il vide le reste de la bouteille dans mon verre.

Aucun de nous ne conduit ce soir, alors pourquoi pas ?

Il m'observe, en prenant de généreuses gorgées de son vin, puis il pose le verre et tend la main vers moi. Je ralentis, l'estomac rempli de mets délicieux, tendue et excitée.

— Tu t'inquiètes que je ne puisse pas gérer l'histoire des abeilles.

Ce n'est pas une question. Et il n'a pas tout à fait tort.

Je prends un moment pour y réfléchir avant de répondre.

— Non. Pas vraiment.

Il me lance un regard sceptique.

— C'est plutôt que tu as vraiment su gérer la situation. Tu as été parfait. La dernière fois que j'ai été piquée, j'étais avec Steve, qui s'est enfui en panique et a tellement hurlé que les ambulanciers qui sont arrivés après mon appel aux secours pensaient que c'était *lui* la victime. Ça a retardé ma prise en charge.

Le visage de Declan se crispe. Il est furieux.

— Non seulement c'est un connard, mais cette sombre merde est néfaste. T'abandonner en pleine urgence médicale…

D'une main si crispée que j'ai peur qu'il ne brise son verre, il descend son vin en une série de gorgées rapides qui lui font tendre le cou, ses muscles saillants.

— On apprend beaucoup de choses sur les gens en situation de crise.

CHAPITRE 8

Mes mots restent en suspens tandis qu'il me fixe un peu plus longuement que d'habitude. Mon cœur palpite environ 60 cm plus bas, nos yeux maintiennent le contact pendant de longues secondes, l'air est chaud et chargé.

— On apprend tout ce qu'il faut savoir, déclare-t-il.

— Alors tu sais maintenant que je risque de te transformer en consommateur de Viagra en cas de crise.

Il a envie de rire, mais lutte pour rester sérieux.

— Je pense qu'en cas d'urgence, tu sors de ce mode incertain dans lequel tu vis et ton véritable noyau dur prend le relais.

Je me penche sur mon coude, écartant mon assiette, et je prends mon verre de vin. Deux gorgées plus tard, je demande :

— Dis-m'en plus sur ce noyau dur.

Mon propre noyau dur bat à tout rompre. Il veut qu'il le touche. Je pourrais même lui en fournir les coordonnées GPS à cet instant. Je pourrais prendre les restes dans mon assiette et créer une carte à partir d'aliments pour l'aider à trouver le chemin.

— Toi d'abord. Dis-moi ce que tu penses de moi.

Quel est le type qui fait ça ? HEIN ?

— Ce que je pense de toi ? Tu es un superhéros, Declan. Tu es un Beau Gosse. Je suis la Fille des Toilettes. Je me demande pourquoi – j'ouvre les bras pour englober la pièce – tu m'as choisie.

— *Tss tss*, dit-il. Ce n'est pas ce que j'ai demandé.

— OK, ce que je pense de toi.

— Ce que tu penses de moi. Pas ce que tu penses de « Declan McCormick ».

Oui, il fait des guillemets avec ses doigts.

— Ce que tu penses de *moi*.

Il me regarde d'un air émouvant. Grave. Contemplatif et évaluatif. Ses yeux posent une question très différente de sa bouche.

— Toi. Juste… toi. Pas l'image. L'homme.

Ses paupières se ferment et il pousse un long soupir.

— Oui.

— Je pense que tu es une énigme parce que je ne te connais pas très bien.

Il ouvre grand les yeux.

— Et pourtant, j'ai l'impression de te connaître depuis toujours.

Il tend la main vers moi et je serre la sienne, très fort.

— Je ne me suis jamais sentie aussi proche d'être *moi-même* que quand je suis avec toi. Qui que je sois. Tu ne me juges pas. Tu ne me fais pas honte et tu n'agis pas comme si j'étais à la ramasse dans tous les domaines. Tu ne te sers pas du sarcasme comme d'un outil ou d'une arme, et tu parles si simplement et si clairement que c'est comme si tu avais inventé un nouveau langage.

Tout dans la pièce se fige. La lumière du phare s'arrête. Nous sommes éclairés par une bougie dont la flamme fait scintiller des ombres sur son visage, qui se grave dans ma mémoire. Je me souviendrai de cet instant jusqu'à ma mort, qui je l'espère, n'aura pas lieu avant nos quatre-vingt-dix ans, et viendra nous cueillir dans notre lit après avoir fait l'amour, alors que nous nous tenons la main.

— Tu es ce milliardaire mauvais garçon…

Il commence à protester et je tends la main, frôlant ses lèvres avec mes doigts.

— C'est ce que dit ton image. Un milliardaire. Tu es l'icône jet-set des pages people du Boston Magazine, dont le père a bâti un empire. Tu es l'un des frères Bachelor dont tout le monde parle. Andrew et Terrance et toi, vous êtes partout sur les blogs locaux, les journaux gratuits des épiceries, le *Boston Globe*, tous les magazines. Des femmes comme Jessica Coffin veulent vous épouser, avoir des petits bébés chics et organiser des bals à Beacon Hill dans vos maisons de ville aux vitres du XVIIIe siècle. Celles que le reste du monde ne voit que de l'extérieur et en été, quand on peut économiser assez d'argent pour se permettre de faire un tour en bus amphibie.

Il glousse contre ma main, puis embrasse ma paume, la pressant contre son visage.

— Continue.

— Tu veux en savoir plus ?

— Oh que oui, je meurs d'envie d'en savoir plus.

— Non.

Ses yeux s'écarquillent de surprise. Je l'ai défié. Il ne sourit pas, mais ses yeux restent intrigués. J'ajoute :

— À toi.

Une longue pause. Trop longue. La pièce semble si petite, si chaleureuse tandis qu'il m'englobe de son regard. Ma demande a des airs de défi lancé qui se fracasserait sur le sol.

Et puis :

— Tu me fais penser à ma vie au-delà du rendez-vous, du baiser, du sexe, du retour à la maison.

Il se lève brusquement, les yeux remplis d'une émotion que je n'arrive pas à interpréter. En un éclair, je suis dans ses bras, sa bouche contre la mienne, le goût du vin sur ses lèvres, sa langue, ce qui me fait tourner la tête encore plus. Mes mains se glissent autour de sa taille et enlèvent sa chemise de son pantalon, remontant pour sentir sa peau nue.

Declan recule. Nos bouches sont à deux centimètres l'une de l'autre.

— Quand je te regarde, je vois mon avenir se dérouler en un long rire, comme un tapis rouge de plaisir, d'intelligence et d'espoir. Une vague de joie qui s'étend à l'horizon jusqu'à ce qu'elle disparaisse. Non pas parce qu'elle cesse d'exister, mais parce qu'elle est infinie.

Mon cœur s'appuie directement contre le sien, et tous deux battent à l'unisson. Nos fronts se touchent et ses yeux se brouillent tandis que ma vision devient floue. Je ferme les yeux, ses mots, oh, ces mots…

— Je sais qui je suis, Shannon. Je n'ai pas besoin que tu me définisses. Ce que j'attends de toi, c'est ce que je ne peux pas trouver par moi-même. Et ici – il lève mon menton, ses yeux aimants et chaleureux – ici... Sa main glisse entre nous et se pose sur mon cœur. C'est là que tu me redéfinis.

Il m'embrasse doucement.

Puis il secoue lentement la tête et je ne peux m'empêcher de cligner des yeux, encore et encore. Les signaux sont confus et écrasants. Mes genoux flanchent et ses bras sont la seule chose qui me retienne à la terre.

— Je ne dis jamais ça aux femmes que je fréquente. Je ne sais même pas d'où viennent ces mots.

Il sourit comme s'il me demandait de traduire, mais mon cœur est à vif, attendant après moi.

— De mon cœur, je suppose.

Le mien se soulève comme s'il faisait une ola dans un stade géant rempli de tous les chagrins d'amour que j'ai connus jusqu'à présent. Eh oui, j'ai l'impression qu'ils pourraient remplir un stade.

— Je ne ressens pas ça généralement pour les femmes que je fréquente. Mais tu n'as rien à voir avec les femmes que j'ai fréquentées et ça n'a rien à voir avec une relation traditionnelle.

Notre baiser s'intensifie et je passe mes mains sur ses fesses. Qui se mettent soudain à vibrer. Je sursaute et j'écarte ma main.

Il soupire.

— Je l'ignore depuis vingt minutes, mais...

Je sors le téléphone de sa poche arrière tout en lui administrant une petite pression sur les fesses. Il gémit. Je hausse les épaules. Il regarde son téléphone et gémit plus fort encore.

— Bon sang. Je dois appeler Grace.

— Je comprends. C'est « l'autre femme ».

À mon tour d'utiliser des guillemets. On se sent aussi stupide en les faisant qu'en les voyant.

Il hausse un sourcil et me fixe.

— Je plaisante.

— Je sais, parce que Grace est assez âgée pour être ma grand-mère et que son âme sœur joue au rugby.

Je ris.

— Il te tuerait si tu tentais quoi que ce soit.

— Elle.

— Elle quoi ?

— La femme de Grace. Une joueuse de rugby de soixante-treize ans.

Après m'avoir révélé cette information des plus intéressantes, il se détourne pour parler au téléphone. Je profite de l'occasion pour consulter mon propre téléphone.

Vingt-sept messages. Neuf de Steve :

C'est quoi ce bordel, Shannon ?

C'est vraiment un connard.

Tu es en sécurité ?

Je pense que c'est un abuseur émotionnel.

Ta voiture est toujours là.

Je dois appeler la police ?

J'ai envoyé un message à ta mère.

Remercie-le d'avoir payé.

Demande-lui ce qu'il pense de Canford Industries et si c'est un bon placement.

. . .

SUPPRIMER. JE RÉPÈTE L'OPÉRATION NEUF FOIS. Vas-y, Steve. Appelle la police. Le fait que tu as envoyé un message à ma mère signifie que...

Ouaip.

Neuf messages de sa part :

TU AS LAISSÉ TOMBER STEVE POUR DECLAN ? BRAVE FILLE. VISE plus haut. Dois-je réserver pour le printemps 2015 à Farmington ?

JE NE LIS MÊME PAS LES HUIT AUTRES. J'APPUIE neuf fois sur Supprimer.

Huit de la part d'Amanda :

TA MÈRE M'ENVOIE DES SMS. TU AS LAISSÉ TOMBER STEVE ?

Declan fait preuve de violence psychologique ? Steve dit que oui.

Steve est sur Twitter et crée des hashtags sur toi.

HEIN ? J'ARRÊTE DE LIRE ET JE L'APPELLE, furieuse.

— Mais qu'est-ce qu'il se passe ? craché-je dans le téléphone.

Declan a toujours le dos tourné. L'arrière de sa chemise pend sur ce cul chaud et serré que je viens d'avoir entre les mains. À présent, je lance des invectives à ma meilleure amie à propos de mon ex arrogant. Il y a quelque chose qui ne va pas du tout. Les bougies brûlent encore, la pièce est toujours remplie de sexe et de promesses, et je m'épanche sur *Steve* ?

— Steve n'a pas arrêté de nous appeler et de nous envoyer ses SMS à ta mère et à moi pour nous raconter comment Declan est apparu et t'a forcée à partir. Comme tu avais l'air effrayé et vulnérable. Il pense que tu es victime d'abus émotionnel.

Je viens d'avoir la partie de jambes en l'air la plus époustouflante de ma vie en chevauchant Declan dans une limousine et je dois gérer un ex qui se comporte comme une collégienne rapporteuse ?

— Il QUOI ? demandé-je.

J'ai crié un peu trop fort, car Declan fronce les sourcils et s'avance vers moi.

— Qu'est-ce qui ne va pas ? demande Declan.

Je ne peux pas me défiler sur ce coup-là.

— Rien, dis-je en gazouillant.

Je me transforme en Amanda. Il n'est pas question que je lui dise ce que Declan vient de me dire, sa confession sincère, parce que je suis incapable d'assimiler ses mots. Il a dit tout ce que je ressentais, mais avec clarté. Quand je pense aux mêmes mots, ils sortent de façon totalement inintelligible.

— Juste un… problème au travail.

— Pas avec une propriété d'Anterdec ?

— Non, non… juste un problème de nuisibles.

Je l'invite à retourner à son appel et soudain, la pièce se refroidit. Un sentiment de cassure. De perte.

Ou peut-être est-ce juste moi.

J'entends une voix résolument masculine à l'autre bout

du fil du côté de Declan. Je suis confuse : je m'attendais à entendre la voix féminine de Grace.

— Declan ? fait la voix. Ce n'est pas parce que tu n'aimes pas ce que j'ai à dire sur elle que tu dois m'ignorer.

Je connais cette voix. C'est James, son père.

Declan fronce les sourcils devant son écran et me tourne le dos. Hmmm. *Elle* ? Son père ne m'aime pas ? Ou parlent-ils d'une autre femme ? Bien sûr. Je suis bête et égocentrique. Pourquoi James McCormick 1) ne m'aimerait-il pas ? Cela revient à ne pas aimer un golden retriever. Je suis l'incarnation de la gentillesse et 2) se soucierait-il de moi ? Il ne m'a remarquée que parce que Declan m'a présentée lors de cette réunion d'affaires il y a quelques semaines, et a failli renoncer à un voyage d'affaires pour passer à mon bureau, et m'a sauvé la vie…

Hmmm.

— Steve est fou, Shannon, et on le sait. Ne t'inquiète pas. Ta mère pense que tu es une héroïne féministe d'être allée à un rendez-vous et d'être partie avec un autre gars…

La voix d'Amanda me tire de mes pensées tourbillonnantes.

— Je n'avais pas de rendez-vous avec Steve ! Je préférerais encore qu'on me fasse un maillot brésilien avec de l'acide sulfurique.

— Aïe, dit-elle à l'unisson avec Declan, qui a raccroché et se tient derrière moi.

Avec sa chaleur et ses muscles saillants, il se déplace à un rythme lent qui me laisse entendre à quelle sauce je vais être mangée.

— Je dois y aller, Amanda. Nous sommes dans un phare du port et Declan est sur le point de…

Clic.

— Sur le point de… ?

Il m'embrasse l'épaule, me prend le téléphone des mains et son pouce appuie sur le bouton pour l'éteindre. Je sens son torse chaud dans mon dos et alors qu'il se penche pour poser mon téléphone sur la table, je me rends compte que sa chemise est déboutonnée. Sa peau nue réchauffe mon chemisier en coton et il me retourne vers lui.

Je regarde les canapés en forme de L à l'autre bout de la pièce. Le scintillement du feu derrière la vitre du poêle à bois rend leur velours si doux, si accueillant.

Comme les mains de Declan lorsqu'il soulève mon chemisier pour ce qui semble être la énième fois ce soir.

— Tu es tellement sexy, dit-il dans un grognement tout en révélant mon soutien-gorge.

— Je suis la Fille des Toilettes.

— Tu es une Belle Gosse.

— Ça, c'est *ton* surnom.

— Je suis une Belle Gosse ?

Il prend ma main et la met à sa taille en défaisant sa ceinture. Il marque un point.

— Je retire cette déclaration.

— Ce n'est pas un article de journal. Tu n'es pas journaliste.

J'entends un sourire dans sa voix.

— À moins que tu ne sois sous couverture et que tu n'enquêtes sur moi.

— Je ne sors avec toi que pour le compte, plaisanté-je.

Rien de plus. Rien à voir avec Woodward et Bernstein. Pas de couverture.

— Si tu ne sors avec moi que pour le compte, tu l'as déjà remporté il y a deux rencards de ça, chuchote-t-il en dégrafant mon soutien-gorge.

Le frisson qui me traverse fait vibrer le plancher élimé, descend jusqu'aux vagues de l'océan, déclenchant probablement un tsunami quelque part dans les Açores.

— Alors qu'est-ce que je fais ici ?

Sa bouche m'empêche d'en dire plus, se plaquant contre la mienne. Ses bras forts me soulèvent sur la pointe des pieds. Mes seins nus se pressent contre la chaleur de ses pectoraux, et la pression de ses abdominaux contre mon ventre me donne l'impression d'une plus grande intimité que lorsqu'il était en moi, dans la limousine.

— Laisse-moi te montrer exactement pourquoi tu es ici, Shannon.

Et il s'y attelle immédiatement.

CHAPITRE 9

— Ton urgence médicale fait la une des informations locales sur Patch ! crie ma mère depuis la cuisine.

Elle m'a suppliée, encore et encore, m'a fait culpabiliser et chanter pour que je vienne à un de ses cours de yoga, puis s'est glissée dans mon téléphone et a envoyé un SMS à Declan, en se faisant passer pour moi, et il est là.

Ici même. Debout dans la maison de mon enfance à boire du thé aux épices orange et à porter des vêtements de sport qui lui donnent un air sauvage.

— Formidable. Pile ce qu'il nous fallait. La notoriété d'un site d'information qui accorde autant d'importance aux enseignes de magasins mal orthographiées et aux passages pour canards qu'aux accidents de voiture mortels et à la corruption du gouvernement, marmonne Declan.

— Qu'est-ce qu'ils ont dit, maman ? demandé-je, m'efforçant d'être polie.

Je bois du thé à la camomille et ça ne me détend pas. Vous pourriez m'injecter du Zen Tea par intraveineuse et ça ne fonctionnerait pas. Mon cœur bat à tout rompre, essayant désespérément de se raccrocher à quelque chose pour le calmer.

Voir Declan s'asseoir sur notre canapé défoncé, avec sa posture parfaite et ses jambes puissantes enveloppées dans un tissu extensible en lycra, perturbe énormément le câblage de mon cerveau.

— Et Jessica Coffin a parlé de vous !

Declan cache un gémissement en prenant une gorgée de thé. Il parcourt la pièce des yeux. Ma mère adore acheter des articles d'occasion, même si mon père se plaint en lui disant que nous pouvons nous permettre d'acheter du neuf, à condition que ce soit dans une enseigne discount. Étant née et ayant grandi en Nouvelle-Angleterre, la sensibilité de Yankee de ma mère fait qu'elle n'ose pas s'acheter une nouvelle commode même si elle dépense 60 dollars par semaine en manucure-pédicure. On lui a depuis longtemps signalé cette incongruité, mais c'est comme lui expliquer que faire dix-sept kilomètres pour se rendre dans une autre épicerie afin d'économiser 1,70 $ sur les pommes n'en vaut pas la peine.

— Elle dit : *Bzz bzz pique pique cours cours stupide stupide.*

— Quoi, pas de « grouin grouin » ?

Declan me tape sur le genou et me lance un regard qui me signifie : *Tu es ridicule* et *Arrête ça,* puis *Je veux te faire l'amour ici même, sur le canapé, devant ta mère.*

Et il me donne un baiser si passionné que même ma mère se tait.

— Bon, intervient-elle d'une voix aiguë et haut perchée, il faut qu'on y aille. Le chien tête en bas est réservé au cours de yoga, je ne veux pas voir ça sur mon beau canapé Bauhaus.

Declan l'ignore et sourit, ses lèvres encore plaquées contre les miennes. Ah ah ! Je détecte une tendance. Il aime sourire en m'embrassant tout en défiant les personnes qui aiment le plus me contrôler. Hmmm. Je devrais y réfléchir, mais le mouvement de ses doigts contre ma poitrine me laisse penser que mon canapé Bauhaus est sur le point de perdre sa virginité, et mon sexe commence à faire des bonds et à crier : *Contrôle-moi ! Contrôle-moi !*

La voix tremblante de ma mère nous parvient.

— Je vais en cours ! Je dois y être plus tôt.

La main de Declan quitte mon sein et il fait un signe silencieux, la bouche légèrement occupée. J'entends le déclic de la porte d'entrée qui se ferme et il s'écarte, le même sourire sur son visage.

— Mission accomplie.

Mon visage se décompose.

— C'était *ça* ta mission ? Faire fuir ma mère ? Je peux le faire en prétendant être républicaine.

Son visage devient un masque de pierre.

— *Je suis* républicain.

Je lui donne un léger coup de poing sur l'épaule et je ris.

— Tu as failli m'avoir là.

Son expression ne change pas.

Oh, non. Même Steve était démocrate. La plupart du temps.

— Et toi, qu'est-ce que tu es ? demande-t-il.

— Je suis Stewartienne.

— Tu vénères le *Daily Show* ?

— C'est un peu comme ma messe quotidienne.

Mon cœur bat la chamade. Je déteste la politique. Je n'ai même pas vraiment de parti. Dans le Massachusetts, presque tous les gens que je connais sont démocrates, et s'ils ne le sont pas, ils sont originaires du New Hampshire ou du Maine. Alors...

— Fais-tu partie de ces libéraux bruyants qui ne cessent de faire la morale aux autres parce que vous voyez le monde à travers un prisme idéologique rigide et que vous ne supportez pas de voir les autres faire des choix différents ?

— On croirait entendre Rush Limbaugh ! crié-je d'une voix aiguë.

Mais il rit.

— Remplace « libéraux » par « conservateurs » et tu obtiendras le même résultat.

Il glousse doucement, puis me caresse le visage.

— Je me fiche de tes opinions, tant que je peux avoir une conversation rationnelle avec toi.

— Le seul sujet où je suis intraitable, c'est la coriandre.

— La coriandre ?

— Ça a un goût de savon.

— Je suis d'accord.

— Oh mon Dieu ! C'est le véritable amour !

Je plaque ma main sur ma bouche comme si cela pouvait ravaler mes mots.

Le sourire qu'il m'adresse se transforme lorsque ses

yeux se dirigent vers quelque chose derrière moi. L'horloge.

— On va être en retard.

Respire, Shannon. Respire. Prends le temps de reprendre ton souffle histoire de ne pas t'évanouir en plus d'avoir laissé échapper que tu es déjà amoureuse de lui. Cela ne fait qu'un mois. Qui tombe amoureux en un mois ? Les gens sur LastShot.com, où vous avouez ouvertement avoir des lésions dues aux MST, et les gamers, c'est tout.

— Et, dit-il alors que nous nous levons, m'empêchant de prendre un couteau de cuisine et de me tailler des cordes vocales, rien n'est plus synonyme d'amour véritable que de la cuisine mexicaine au goût de lessive.

UNE DES AMIES DE FAC DE MA MÈRE S'EST installée à quelques villes de là et a transformé un vieux poulailler sur sa propriété en studio de yoga. Oui, un poulailler. Sauf que c'est un peu comme un spa pour les poules, et que si de vraies poules y mettaient les pieds un jour, je pense qu'elles se retrouveraient face à vingt-cinq femmes hurlantes qui chercheraient toutes leurs sacs Vera Bradley de la taille d'un oreiller pour frapper ces pauvres créatures à mort.

Quand nous arrivons, Declan et moi, nous changeons radicalement les données démographiques de la salle :

1. Nous abaissons la moyenne d'âge de deux bonnes années, mais bon, nous sommes en infériorité numérique…

2. À lui seul, Declan augmente le revenu moyen de cinq chiffres.

3. Il ajoute un homme au groupe. Le *seul* homme du groupe.

Ma mère nous incite à nous mettre au premier rang, et je l'observe attentivement. Les mordus de yoga ont ce *truc* à propos de leur espace. En fait, personne ne revendique officiellement un espace, mais ils le font dans leur *tête*, et peu importe que le yoga soit censé être une affaire de conscience et d'acceptation, de détachement et de flux, vous feriez mieux de surveiller vos arrières si vous prenez la place d'un mordu de yoga en cours.

Namaste, espèce d'enfoi...

— Je suis si heureuse que vous soyez là ! couine ma mère alors que Declan déroule son tapis.

Nous sommes pieds nus et je ne peux pas m'empêcher de regarder ses pieds. Pour un homme, ils sont remarquablement beaux, athlétiques et soignés. « Métrosexuel » n'est pas le mot que j'utiliserais pour décrire Declan, mais ses pieds montrent bien qu'il prend soin de lui. Je les imagine glisser le long de mes mollets...

Il commence à s'étirer et me sourit, m'invitant du regard à le rejoindre. Je me penche pour dérouler mon tapis et j'entends le bruit de popcorn qui éclate.

Attendez. Ce ne sont que mes articulations.

Et le cou de vingt vieilles dames qui se tournent en même temps quand elles réalisent qu'il y a un homme dans la pièce et qu'il n'est pas sous Viagra.

(Du moins, je suppose qu'il ne l'est pas. Et ce n'est pas grâce à moi. Un centimètre plus loin avec cet EpiPen et...)

Je frissonne et il me tend la main pour me donner une caresse affectueuse.

— Tu as froid ?

Vingt soupirs résonnent dans la pièce. Ma mère apparaît devant, installant ses briques et son tapis de yoga. Il s'agit de yoga régénérateur, ce qui signifie que chaque personne présente dans la pièce paie 17 dollars pour s'allonger sur un tapis de mousse et s'endormir. La raison qui a poussé ma mère à se lancer dans cette activité reste un mystère pour moi, mais quiconque se fait payer pour faire sortir ses clients de leur zone de confort, les faire ronfler et en plus se retrouve *chaleureusement félicitée* semble avoir tout compris.

Il se penche pour me voler un baiser.

Vingt gémissements s'élèvent derrière nous.

Puis des bruits étouffés.

— Il paraît que Marie va nous faire faire le chien tête en bas et la vache, glisse quelqu'un.

Un chœur de voix commente :

— Ooooooh.

S'ensuit une frénésie de chuchotements. Ce sont des positions de yoga où l'on met les fesses en l'air.

Attendez une seconde…

— Je te paierai le cours si tu me laisses la place, dit Agnès.

Si je connais son nom, c'est parce que la dernière fois que je suis venue, les autres femmes ont fait des commérages sur elle, laissant entendre qu'elle serait une femme facile. Cela me dépasse légèrement qu'on puisse qualifier une femme de quatre-vingt-dix ans de « facile », mais tout ce que j'arrive à me dire, c'est *ALLEZ AGNES*.

Quand j'aurai quatre-vingt-dix ans, j'espère que je ferai encore du yoga et que ma libido criera pour une bouchée d'homme, Viagra ou pas. Le clitoris n'a pas de date d'expiration. Le plus dur doit être de trouver un homme qui a des intérêts et une durée de vie similaires, et qui n'est pas dans une jolie urne blanche sur la cheminée de quelqu'un.

— Tu crois que tu peux toujours avoir tout ce que tu veux, Agnès, crache une femme. Tout n'a pas de prix.

— Certaines vues sont inestimables, soupire une autre.

— Je te paierai deux cours si tu...

Alors que je me retourne pour regarder la guerre qui se prépare derrière nous, je vois les lèvres de Declan s'agiter. Il se penche vers moi et me dit :

— Dix dollars qu'Agnes finit par un combat de catch.

— Le MMA serait plus son style.

— Corrine, je te préviens ! crie Agnès. Tu peux rester là à faire ta tête de mule tant que tu veux et refuser de bouger, mais je connais tes niveaux de densité osseuse.

Sa voix a un ton inquiétant.

— Tu n'oserais pas ! s'écrie Corrine.

Elle a dans les soixante-dix ans et se comporte comme si elle en avait cinquante, avec une perruque digne de Farrah Fawcett. On dirait qu'elle est passée dans une soufflerie. Oh... non. C'est juste de la chirurgie plastique ratée.

— Je te donnerai un coup de coude suffisant pour te faire tomber et tu as une hanche plus fragile que l'ego de Poutine.

Attendez une minute. Ces vieilles dames menacent de se faire du mal et de se rompre les os pour pouvoir s'asseoir derrière mon petit ami et reluquer ses *fesses* ?

Je passe derrière lui et je le regarde attentivement.

Ouaip.

Ça en vaut la peine.

— Mesdames ! Mesdames !

Declan se lève sans utiliser ses mains, exhibant des muscles et une force qui font que tout le monde se fige, bave et soupire en même temps. Quelqu'un là-bas a peut-être même pété.

Il lève les bras en l'air pour que le groupe lui porte encore plus d'attention.

— Et si on rendait ça plus amusant ?

Ma mère arrête ses préparatifs. Son doigt se suspend au-dessus du bouton pour lancer la bande sonore.

— Si l'une d'entre vous devine comment Shannon et moi nous sommes rencontrés, elle gagnera le…

Vingt femmes crient à l'unisson :

— LA FILLE DES TOILETTES !

— MAMAN ! hurlé-je.

— Ne lui serre pas la main, chuchote Agnès à Corrine, qui regarde résolument devant elle et ne lui cède pas un millimètre quand ma mère s'approche de Declan et moi avec une mine signifiant *Et merde*.

— C'est une histoire si charmante, dit-elle d'une voix théâtrale. Ma fille, une professionnelle au sommet de son art, qui rencontre le fils milliardaire de James McCormick !

— Le Loup grisonnant, s'exclame Corrine, en passant Declan au crible à la façon d'un robot Terminator de l'un de ces films, cherchant à identifier des caractéristiques charnues spécifiques répondant aux critères de sa mission, ce qui, je le soupçonne, implique d'enrouler son corps autour du sien dans des positions de yoga non standard. Vous lui ressemblez.

— Mon père a un *surnom* ? marmonne-t-il. Puis il me murmure : Un surnom sexy ? C'est dégoûtant.

— Votre père est un beau gosse, crie quelqu'un.

— Mon père ne sort avec personne de plus de trente ans, dit-il dans son souffle.

— Oh, formidable. J'ai encore six ans devant moi, grincé-je.

Il sursaute, et je ne saurai dire si c'est à cause du sarcasme radioactif dans ma voix ou de l'idée que je sorte avec son père. Probablement un peu des deux.

Ce n'est *pas* régénérateur.

— Mesdames ! Le temps passe ! s'écrie ma mère, de retour sur son tapis.

Elle me lance un faux regard impuissant et murmure :

— Qu'est-ce que j'y peux ?

— Plus de thérapie, *chuchoté-je*.

Elle lève le pouce dans ma direction et fait effectuer à la classe une série de poses d'échauffement qui me font suer davantage que ma mère au plus fort de la ménopause. Declan n'a pas versé une goutte de sueur. Mais six femmes essaient de partager un tapis de yoga derrière lui.

Rapidement, nous nous retrouvons tous sur le dos, allongés sur le sol, à écouter du Pink Floyd. S'ils distribuaient de petits cachets de LSD avant le cours, ce serait encore mieux. Au lieu de cela, j'entends de légers ronflements, le gémissement aigu de l'appareil auditif mal réglé de quelqu'un, et le bruit de CHAQUE femme qui se lève au moins une fois pendant la séance de relaxation du corps entier pour faire pipi.

La vessie n'a aucun respect pour le yoga régénérateur. C'est une vraie anarchiste quand il s'agit de la posture du Shavasana. *Pas de sieste pour toi !*

Dans le noir, *Comfortably Numb* se lance et je sens que quelque chose me frôle la hanche. La main de Declan trouve la mienne et nos doigts s'entremêlent. Je me détends immédiatement à son contact. Les couches de muscles tendus se relâchent, et tandis que sa main chaude me rappelle qu'il est là – vraiment là – je me demande si c'est le véritable amour quand on trouve enfin quelqu'un d'autre qui pense que la coriandre a un goût de lessive.

Sa main, dont les doigts forment une toile d'araignée avec les miens, se relâche également. Nous nous défaisons de diverses couches par le toucher, et cette histoire de yoga régénérateur a peut-être du bon, me dis-je, tandis qu'un nuage chaud de profonde félicité m'enveloppe. Declan décale son bras légèrement, sa paume glissant contre la mienne, et je le sens sourire.

Je m'enfonce plus profondément, le monde s'estompe et je ne suis plus que ma main, qui le touche, et c'est tellement plus qu'il n'en faut pour que je me dissolve dans un état d'harmonie qui glisse vers une obscurité paisible.

CHAPITRE 10

— J'espère que vous mourrez tous les deux comme ça.

Les paroles de ma mère me font ouvrir les yeux. Elle se tient au-dessus de moi, les lumières du studio de yoga sont allumées, et il y a une dizaine d'autres paires d'yeux qui sont braquées sur moi.

Sur nous. Declan et moi. Je tourne la tête, confuse et voyant flou. J'émerge de ma torpeur et je vois qu'il dort encore. Un épais filet de bave coule de ma bouche et même mes cheveux sont humides au niveau de ma mâchoire.

— Tu espères que… quoi ?

Mon instinct me dit de m'asseoir, de m'enfuir, d'éviter de faire un remake version yoga de *La foule* de Ray Bradbury.

— J'espère que vous mourrez comme ça. Vous êtes si mignons.

Les onze femmes qui nous regardent comme si nous

faisions partie d'une exposition d'art moderne soupirent à l'unisson.

Le sourcil droit de Declan se soulève et il ne dit rien.

— Tu veux que je *meure* ? demandé-je, incrédule. Dans ton cours de yoga ?

Il me serre la main et j'essaie de ne pas rire.

— Non, je veux dire, tu sais bien, dans soixante ou soixante-dix ans. J'espère que vous mourrez tous les deux, après un long et heureux mariage et beaucoup d'enfants, et que vous partirez paisiblement comme deux personnes âgées.

Les précisions de ma mère n'arrangent pas les choses.

— C'est ce que je voulais aussi, dit Agnès. Mais mon mari, Jerry, en a décidé autrement.

— Comment est-il mort ? demande ma mère.

Mais elle semble déjà connaître la réponse.

Agnès me regarde.

— Il s'est coincé la main dans les toilettes et n'a pas pu s'en extirper. Je visitais les chutes du Niagara avec mon groupe religieux pendant trois jours et il est mort de faim.

Declan gémit, son corps se recroqueville. Il essaie de ne pas rire, et il tremble, ses abdominaux ondulant contre son haut moulant en lycra, ses fesses se contractant.

— Ooooh, continuez comme ça. Jolis fessiers, dit quelqu'un.

Cela le fait rire encore plus fort. Je m'assieds et je lâche sa main. Sans savoir pourquoi, je suis jalouse – jalouse ! – et je n'aime pas que toutes ces femmes regardent mon homme.

Il est à moi.

— Votre mari n'est pas vraiment mort comme ça, n'est-ce pas ?

Je suis assez cynique pour penser que cette histoire n'est pas vraie, mais juste assez crédule pour craindre, si je pense que c'est une blague alors que ce n'est pas le cas, de heurter la sensibilité d'une vieille dame.

— Non. Il est mort en se tapant une vendeuse au centre commercial. Ils étaient dans l'ascenseur. C'était un agent de sécurité. Il a fait une crise cardiaque. Il ne m'a pas touchée pendant sept ans et il va tremper son biscuit dans la fille du stand de bretzels.

J'aboie de rire alors que ma mère agite les mains derrière Agnès et murmure *C'est vrai*.

Oh, bon sang. Je ne peux pas gagner.

— J'espère mourir dans les bras de quelqu'un que j'aime, annonce ma mère.

Le rire de Declan s'arrête brusquement. Le changement est si brutal que je sens les poils de mes bras se dresser. Quelque chose dans la déclaration de ma mère a touché une corde sensible chez lui, et cela me fait voir à quel point je sais peu de choses sur lui.

Il se lève avec grâce, puis bâille. Mais ce n'est pas un bâillement normal. C'est le rugissement d'un lion. Il tend les bras bien haut, dévoilant son nombril tandis qu'il tente d'atteindre le ciel, étirant ses muscles et ses articulations. Son corps exposé de la sorte est, très clairement, un véritable régal pour les yeux. Façon bon chocolat suisse. Avec 90 % de cacao n'impliquant pas le moindre esclavage, cultivé par des travailleurs ruraux accomplis qui œuvrent pour sauver les baleines.

— Je peux le toucher, juste une fois ? demande quelqu'un.

— C'est comme toutes ces pubs Nike avec les hommes en sueur et sexy, à portée de main. Je pensais qu'ils avaient tous recours aux trucages. C'est comme apprendre que le Yéti est réel.

Un brouillard vert envahit ma vision. Qu'est-ce qui ne va pas chez moi ? Je suis jalouse de femmes qui n'ont plus eu besoin de recourir à la contraception depuis qu'on a marché sur la lune.

Mais oui, je le suis.

— Le Yéti existe, Irène, dit Agnès à la propriétaire de la voix désincarnée. Je l'ai vu sur Discovery Channel la semaine dernière.

— Tu es tellement naïve, Agnès. Cette émission enchaîne les photos truquées de types avec trop de poils sur le corps. Mon Dave était comme ça. Il pouvait se promener dans la maison torse nu et on aurait dit qu'il portait un pull en mohair. Voilà ce qu'est le Yéti.

Les deux femmes se chamaillent et ma mère chasse le petit groupe, remerciant ses élèves d'être venues et leur donnant rendez-vous la semaine prochaine.

Declan se blottit contre moi.

— Tu aimes ce que tu vois ?

— Mmmm, un vrai régal pour les yeux. Zéro calorie et c'est mieux que de lécher une sucette.

— J'ai une sucette que tu peux lécher.

Bien entendu, ma mère s'approche de nous au moment où il dit cela, et elle fait semblant d'être choquée, puis prétend n'avoir rien entendu.

— Alors, Declan, est-ce que Shannon vous a invité pour le repas de Pâques ?

Hein ? Nous n'en avons jamais discuté. Pourquoi ma mère agit-elle comme si je…

— Non, Marie, elle ne l'a pas fait, dit-il lentement, sans nous regarder, plié en deux en enroulant son tapis de yoga.

Nous sommes accueillies par une vue magnifique sur son cul, et nous soupirons à l'unisson.

Je donne des coups de coude à ma mère.

— Je ne peux pas m'en empêcher ! me dit-elle.

— Tu devrais essayer. C'est dégueulasse.

Elle semble me prendre au sérieux.

— Tu as raison ! Tu as raison. C'est dégoûtant. Je vais arrêter tout de suite.

Elle me lance un regard vraiment contrit.

— Eh bien, dit ma mère à voix haute alors que Declan se retourne et nous fait face, même si Shannon ne vous a pas invité, je vous invite.

Ses yeux passent lentement de mon visage à celui de ma mère

— C'est quand ? demande-t-il enfin.

— Ce dimanche ! bafouille-t-elle. Dans trois jours.

Avec un froncement de sourcils, elle dit :

— Mais je suis sûre que vous avez des projets avec votre famille.

— Nous n'avons pas fêté Pâques depuis plus de dix ans, dit-il d'un ton détaché.

— Quelle horreur ! s'exclame ma mère en lui prenant le bras.

Ses yeux brillent presque de larmes, et elle est vraiment choquée. Elle marque une pause.

— Vous êtes juif ? C'est pour ça ?

— Non.

Le manque de précisions nous perturbe, ma mère et moi. Declan a cette façon de couper court. Il n'est pas vraiment froid. C'est plutôt comme parler avec un avocat qui ne compte pas divulguer une information de plus que ce qu'il faut au tribunal.

Sauf que nous ne sommes pas au milieu d'une procédure judiciaire. Nous sommes dans le studio de yoga de ma mère, en train de parler d'une fête impliquant le lapin de Pâques et un jambon géant. Qu'est-ce qui lui arrive ?

— Maman, s'il était juif, il n'aurait jamais fêté Pâques. Il vient de dire que cela fait plus de dix ans que…

Je me tourne vers lui.

— Depuis la mort de ta mère ?

Il hoche la tête. Mais rien de plus. Il est si… blessé, soudainement.

— Je peux compter sur vous ? demande ma mère avec son sourire doux et chaleureux. Nous avons une famille bruyante et déjantée, et j'en suis la reine. Et je fais un jambon du tonnerre.

— Tu l'achètes chez le charcutier en bas de la rue, dis-je. Le genre avec une croûte en sucre, le tout coupé en spirale, et elle fait des patates douces avec de petits marshmallows…

Mon estomac grogne.

Il se dégèle. Ses yeux verts couleur toundra il y a quelques secondes se réchauffent, et son corps se détend.

— Qui pourrait dire non à ça ? Merci pour l'invitation, Marie. À quelle heure devons-nous venir ?

— À quatorze heures pour le repas, et à quinze, nous faisons la chasse aux œufs de Pâques.

Ma mère a l'air plus heureuse que Martha Stewart si on lui annonçait que Gordon Ramsay venait dîner.

— Qu'est-ce que j'apporte ?

— Votre hélicoptère.

Elle bondit presque d'excitation.

— Hum, je pensais plus à une bouteille de vin, Marie.

Declan enroule son bras autour de ma taille et me donne un baiser distrait sur la tempe. Il sent la sueur et le réconfort, les épices et la sécurité.

— D'accord, très bien. L'hélicoptère fera une entrée d'enfer.

Elle ne sait tout simplement pas quand s'arrêter.

— Mais où pourrait-il atterrir, maman ? Dans le jardin de papa ?

— Pourquoi pas ? Il n'a encore rien planté cette saison.

— Et si j'arrivais dans mon propre SUV, en portant autre chose qu'un costume, et que j'apportais de quoi faire la chasse aux œufs de Pâques et une bouteille de vin ?

— Et ton costume de Batman, ajouté-je avec un sourire en coin à ma mère.

— Laisse notre vie sexuelle en dehors de ça, murmure-t-il d'un ton théâtral.

Ma mère rougit et bégaie.

— Je… je suis si heureuse que vous soyez là !

Elle s'enfuit vers le bureau.

Je frappe Declan dans les pectoraux. Mes doigts craquent.

— Pourquoi tu as dit ça ?

— Parce que j'aime la battre à son propre jeu.

Son sourire est si malicieux que je me dresse sur la pointe des pieds et lui donne un baiser reconnaissant.

— Tu ne gagneras jamais, dis-je en soupirant.

— Il ne faut jamais dire jamais.

❧

— TU DOIS FAIRE PIPI, DIT TYLER ALORS QUE Declan passe la porte d'entrée de la maison de mes parents l'après-midi de Pâques.

Il est quatorze heures et mon petit ami (ça me donne encore des frissons de le dire) est ponctuel. Et, comme promis, il est venu en SUV, porte une chemise bleue à manches longues, avec les manches retroussées jusqu'aux coudes et un jean qui lui va à ravir, et tient une jolie bouteille de vin.

Declan se penche pour être à la hauteur de mon neveu de quatre ans, qui a l'air grave. De petites lèvres espiègles, des cheveux bruns courts et des yeux marron bordés de cils si longs qu'ils atteignent le plafond.

— Merci, mon pote, mais je n'ai pas besoin de faire pipi.

— Tu dois faire pipi !

Tyler insiste alors que Carol accourt depuis la cuisine et l'emmène aux toilettes.

Declan me regarde d'un air interrogateur et j'essaie d'expliquer.

— Entraînement au pot. Et Tyler souffre d'un trouble du langage, alors pour l'instant il confond « toi » et « Je ».

Declan comprend tout à coup.

— Je vois. Il disait donc « *Je* dois faire pipi ».

Il éclate de rire.

— J'espère qu'il a réussi.

Carol commence à applaudir et à l'encourager de loin.

— Je suppose que oui.

Le baiser de Declan est poli et bref, si routinier qu'il me réchauffe le cœur. C'est le genre de baiser que l'on donne à quelqu'un avec qui on devient très à l'aise, et j'aime ça.

Je l'aime.

— Declan ! Vous êtes arrivé !

Ma mère sort de la cuisine vêtue d'un tablier rouge indiquant « Je cuisine contre du sexe ». Elle lui donne un câlin chaleureux et maternel. Il fait une tête de plus qu'elle, et pourtant c'est elle qui l'enveloppe. Il ferme les yeux et se soumet à son étreinte. Je sens mon cœur battre un peu plus fort.

— Du vin, comme promis, lui dit-il en lui remettant une bouteille de blanc.

En regardant attentivement autour de lui, il murmure avec prudence :

— Et j'ai un tas d'œufs en plastique remplis de bonbons et de jouets dans ma voiture. Où dois-je les mettre ?

Ma mère affiche un large sourire et lui fait une grosse bise sur la joue.

— Vous êtes adorable ! Quand on sera prêts pour la chasse aux œufs, on ira les cacher.

Elle éloigne la bouteille de sous son nez, plissant les yeux pour lire l'étiquette.

— Jason ! Viens voir Declan et prends cette bouteille fraîche !

Mon père nous rejoint. Il porte un tablier assorti, un treillis, et pas de chaussures ni de chaussettes. Je pense que mon père est allergique aux chaussettes et aux chaussures. Ils se serrent la main avec enthousiasme.

— Declan ! C'est bon de vous voir.

Ma mère donne la bouteille à mon père.

— Du blanc ! gazouille-t-elle.

— Merci, dit mon père à Declan. Vous voulez une bière ?

— Et le vin, Jason ? hurle ma mère, scandalisée.

Declan et mon père l'ignorent, comme s'ils l'avaient prévu. Mon père me fait un clin d'œil.

— Avec plaisir. Qu'est-ce que vous avez ?

— Vous aimez les bières brunes ? J'en ai acheté dans cette microbrasserie de Framingham…

Declan s'éloigne, suivant mon père, et il s'intègre immédiatement au foyer.

J'observe le salon de ma maison d'enfance. Tout le monde est rassemblé dans la petite cuisine et j'entends Amy parler à Carol de son marathon. Mon père et ma mère pourraient acheter un manoir de 500 mètres carrés à Osterville avec un énorme salon, tout le monde s'entasserait quand même dans la cuisine pour discuter, goûter les bons petits plats et se détendre.

Declan est entré dans la maison, un enfant lui a dit qu'il avait besoin de faire pipi, il a offert une bouteille de vin, et boum ! Mon père l'emmène dans sa tanière de l'arrière-cour comme si nous étions mariés et ensemble depuis toujours.

J'en tire les conclusions qui s'imposent.

Cela pourrait bien arriver. Declan et moi.

Carol entre dans le salon, se frottant les mains avec une lotion parfumée à la vanille. Elle me regarde pendant une seconde, les sourcils levés.

— Tu vas bien ?

— Papa vient d'emmener Declan dans sa tanière.

— Il a été accepté dans la tribu.

— C'est une bonne chose ou pas ?

Je lui lance un regard impuissant et je m'allonge sur le canapé. Les ressorts sont morts, et je m'y enfonce littéralement. Mes pieds décollent du sol. J'enfonce ma tête dans mes mains.

Carol se tient au-dessus de moi, finissant d'appliquer sa lotion.

— Je pense que tu as peur de réussir.

— Quoi ? Non. Pas du tout. Je n'ai jamais eu de problème avec le fait que papa emmène Steve au pays des grognements et des pets.

Notre père a un petit cabanon de 10 mètres carrés qu'il a équipé pour l'hiver il y a quelque temps. Il comporte une télévision, d'anciennes chaises longues que ma mère a essayé de jeter il y a des années, et tous ses vieux livres de science-fiction qu'il collectionne depuis les années 1960, alignés sur des étagères faites maison.

Il y a installé illégalement un poêle à bois, et un vieux pot à lait qui, je le soupçonne, sert aussi de toilettes. Parfois, ma mère et lui se disputent tellement qu'il dort dehors. Mais juste pour une nuit. Sa tanière sent la sueur masculine, les produits de toilette Old Spice et les oignons. Sérieusement. Ça doit regorger de méthane là-dedans. Jeffrey dit que ça sent comme grand-père.

— Papa ne l'a ramené là-bas que pour te faire plaisir. Il détestait Steve.

— Je sais.

Une fois que Steve m'a larguée, ils ont *tous* vidé leur sac et m'ont dit quel connard était Steve, mon père le premier. Une vraie cocotte-minute. Une fois que vous avez soulevé le couvercle, une quantité de vapeur impressionnante s'en dégage.

Assez pour vous brûler si vous ne faites pas attention.

— « C'est donner de la confiture aux cochons », c'est l'expression exacte qu'il utilisait tout le temps, ajoute-t-elle.

— Il a dit ça aussi pour toi et Todd.

— Je sais.

— Non, je veux dire, votre mariage. Et quand Jeffrey est né. Et puis Tyler, et…

— J'ai compris. Je n'ai pas besoin qu'on me mette le nez dedans.

Le silence s'étire entre nous. Je ressemble à un hybride de notre mère et notre père. Carol, par contre, ressemble plus à notre mère. Des cheveux d'un blond plus clair, des yeux bleus, un visage rond avec des fossettes, et des joues pulpeuses qui lui donnent un air éternellement joyeux, même quand elle ne sourit pas. C'est l'aînée, et elle n'a pas eu une vie facile ces dernières années.

— Du nouveau côté emploi ? demandé-je.

C'est elle qui m'a fait devenir cliente mystère. Lorsque j'ai été embauchée, elle avait un super boulot à plein temps. Puis Tyler a commencé à avoir d'énormes problèmes de comportement, Todd a disparu de la surface de la Terre et elle a été licenciée. Nos parents l'ont aidée. Carol fait des visites mystères avec les enfants quand elle le peut, et elle vit du chômage et d'une vague aide gouvernementale que je ne comprends pas bien. Elle a un diplôme, et beaucoup de détermination, mais pas beaucoup de temps ni d'espoir.

— J'ai un entretien avec un centre d'appel. Équipe de nuit. Maman dit qu'elle et papa peuvent garder les enfants.

La défaite suinte dans sa voix.

— Salaire minimum ?

— Non. Plutôt du style trois-huit. Je devrais trop compter sur maman et papa. Ce n'est pas juste pour eux.

— Ils adorent Jeffrey et Tyler, protesté-je.

— Je sais. C'est juste que… Tu n'as pas d'enfants. Tu ne peux pas comprendre.

Elle baisse les yeux et ressemble soudain à une version très sérieuse et pensive de notre mère. La dissonance est difficile à concilier. Je ne crois pas avoir jamais vu ma mère avoir l'air… réfléchie.

— Non, tu as raison. Je n'en ai pas.

Je veux avoir des enfants un jour. Voir Carol lutter comme elle l'a fait m'a clairement fait repousser « un jour » de quelques années, cependant. Tyler et Jeffrey sont les meilleurs enfants de tous les temps (je ne suis pas objective), mais ils n'ont pas été faciles à élever sans aide.

— Et tu sors avec un milliardaire sexy.

Je roule des yeux et elle sourit. Ah. Maintenant, elle ressemble de nouveau à notre mère.

Le Milliardaire sexy choisit ce moment pour entrer, et entend le commentaire de Carol :

— Tu sors avec un autre gars surnommé le Milliardaire sexy ?

La familiarité avec laquelle il me touche, alors qu'il enroule un bras autour de ma taille, ne fait qu'ajouter à son embarras. Je me souviens que quand elle a ramené Todd à la maison, quand j'avais treize ans, je le trouvais très sexy. J'étais folle de jalousie en voyant Todd qui lui faisait des câlins, des baisers et de petites caresses d'amour. C'était *ça* l'amour, pensais-je. À l'époque, avant que Todd ne devienne la lie de la société.

Declan n'est pas Todd.

Carol devient rose vif. On dirait qu'elle s'est versé une bouteille de Pepto-Bismol sur le visage.

— On pensait que vous étiez dans la tanière, à grogner et à manger de la viande rôtie sur un bâton, dit-elle.

— C'était le cas, jusqu'à ce que les garçons nous trouvent, et maintenant votre père joue au cheval avec eux et il m'a envoyé ici chercher la relève.

Carol rit et profite de l'occasion pour s'échapper.

— Je vais le sauver !

— Le repas sera bientôt prêt ! Declan, un peu d'aide pour mettre la table ne serait pas de refus.

Ma mère sort de la cuisine. Ses cheveux laqués semblent figés dans le marbre par un produit chimique dont il sera probablement prouvé dans dix ans qu'il provoque le cancer, mais au moins, ses cheveux restent en place même quand elle cuisine.

Il me fait un clin d'œil et se dirige vers ma mère.

— Bien sûr. Où est la salle à manger ?

Ma mère le conduit à travers la cuisine dans la salle à manger formelle, le sanctuaire de la bonne cuisine et la pièce que nous utilisons exactement trois fois par an : pour Pâques, Thanksgiving et Noël. Lorsqu'elle n'est pas utilisée pour les fêtes, la table à manger sert également de lieu de stockage pour le courrier indésirable, les jouets LEGO que ma mère trouve en passant l'aspirateur, et les ampoules lambda que mon père doit se rappeler de remplacer par des LED, ce qu'il oublie toujours.

Ma mère a vraiment sorti le grand jeu, avec une nappe en lin bleu pâle et des serviettes assorties. Je me demande dans quel vide-grenier elle a déniché ça, puis je vois les verres. Des verres en cristal assortis à chaque place, bordés d'or sur le dessus.

— Tu aimes ma table ? demande-t-elle fièrement.

— Où as-tu trouvé tout ça ? demandé-je, réellement admirative.

Ma mère et moi avons une passion commune : chiner.

— Chez Savers ! s'exclame-t-elle, puis elle croise le regard confus de Declan.

— Qu'est-ce que Savers ?

Amy vient d'entrer dans la pièce et s'apprête à nous saluer, Declan et moi, les bras tendus pour un câlin, quand elle s'arrête froidement en entendant les paroles de Declan.

— Tu ne sais pas ce qu'est Savers ?

— Apporte-moi des sels odorants, plaisante ma mère, parce que je suis sur le point de m'évanouir. Declan, il faut que tu viennes chiner avec nous !

— Chiner ?

Il semble amusé.

— Faire des achats dans les friperies. Les vide-greniers. Les braderies. Ce genre de choses. Et Savers est une chaîne de produits d'occasion.

Il semble à nouveau confus.

— Des articles d'occasion ? Vous n'achetez que des articles d'occasion ? Comme des antiquités ?

C'est au tour de ma mère de sembler confuse.

— Declan, vous n'avez jamais acheté quelque chose d'occasion ?

— Des antiquités ? Bien sûr. Mon père en achète tout le temps pour le bureau et sa maison. Mais sinon… non…

— Vous achetez tout dans des magasins traditionnels ?

— J'ai des gens qui font ça pour moi. À moins qu'il ne s'agisse de vêtements. Dans ce cas-là, je vais chez un tailleur.

— Oh, dit ma mère à voix basse.

Un silence gênant s'installe.

— J'adorerais aller « chiner » avec vous, Marie, dit-il en souriant. Ça a l'air amusant.

Il est officiellement le meilleur petit ami milliardaire que je n'ai jamais eu.

Ma mère se détend et montre du doigt le réfrigérateur.

— Vous pouvez prendre l'agneau de beurre, Declan ? Il est temps de passer à table.

Sa mâchoire tombe, sa cordialité remplacée par une sorte de choc qu'il essaie manifestement de cacher.

— De l'agneau de beurre ?

Je ris, en essayant de l'amener à se détendre.

— Il y a quelques générations, la famille de papa était originaire de la région de Buffalo. Des Polonais. Ils ont cette tradition où…

— Une livre de beurre est moulée en forme d'agneau, et vous la mettez sur la table à Pâques, dit-il.

Tout le monde se fige. Nous restons bouche bée. Les yeux grands ouverts.

— Tu connais l'agneau de beurre ?

Ses mains tremblent, juste un peu, alors qu'il les glisse dans les poches avant de son jean.

— Bien sûr. Ma mère venait de là-bas. On en avait chaque année.

Il déglutit si fort que nous pouvons tous entendre le bruit dans sa gorge. Son visage est incertain, il cligne des yeux rapidement.

— Je n'en ai plus mangé depuis...

— Depuis qu'elle est morte ? demandé-je doucement, tendant la main vers son avant-bras pour le réconforter.

Il ne bouge pas, ne bronche pas, ne change pas de position. J'aimerais lui demander à nouveau comment sa mère est morte, mais ce n'est vraiment pas le moment.

Il hoche la tête.

— C'est merveilleux ! s'extasie ma mère. Pas que votre mère soit morte, mais que vous puissiez renouer avec une vieille tradition familiale.

Elle le prend par les épaules et le dirige vers le réfrigérateur, puis passe devant lui pour remuer quelque chose sur le feu. Une minuterie se déclenche et elle se marmonne quelque chose à elle-même.

Declan pose l'agneau jaune sur la table et jette un regard par les portes coulissantes donnant sur la cour, où mon père pousse Tyler sur la balançoire.

— On peut aller dehors ? demande-t-il d'une voix rauque.

— Bien sûr.

Nous nous dirigeons vers la porte et je m'arrête avec la main dessus.

— Si c'est trop, on peut s'en aller. Aller dans un endroit calme et…

Il prend mes deux mains dans les siennes et me sourit avec des yeux troublés.

— C'est plus que suffisant, mais pas trop. Je veux rester. Ta famille est charmante.

— Ma famille est folle.

— La folie peut être charmante.

CHAPITRE 11

Après le dîner et la chasse aux œufs de Pâques, tout le monde s'est transformé en punaises humaines, rondes et grises, une bande de cloportes farcis. Toutes les conversations portent sur le délicieux repas et sont ponctuées de gémissements indiquant que nos estomacs sont sur le point d'exploser.

— Je peux voir ta chambre d'enfant ? demande Declan.

Il s'est considérablement détendu depuis son arrivée.

— Tu veux jeter un œil à mes poupées Barbie ?

Mais je me lève et lui prends la main, l'invitant à monter les escaliers. Jeffrey et Tyler sont dans l'arrière-cour, criant et poursuivant Amy avec de petits pistolets tirant des balles en mousse. Ils manquent leur cible à chaque fois.

Mon père a défait sa ceinture et le bouton du haut de son treillis, et se repose sur une chauffeuse façon Al Bundy, une main dans le pantalon.

Ma mère est dans la cuisine, affairée avec les restes. Il y en aurait assez pour nourrir toute une armée.

— Ma chambre n'a rien de spécial, expliqué-je en montant les escaliers recouverts de moquette.

Quand Amy a eu seize ans, ma mère a enfin vu son souhait se réaliser - avoir une moquette crème - et plus de cinq ans après, cela me semble toujours bizarre. Quand je suis partie à l'université, la maison était recouverte d'une moquette verte industrielle et morne, et en rentrant, je me suis retrouvée face au numéro d'un magazine de décoration d'intérieur tendance.

— Elle est spéciale parce que c'est la tienne.

Nous sommes accueillis, tout d'abord, par la tête géante de Justin Bieber sur la porte de ma chambre.

— Sympa. Tu étais fan de lui ?

— C'est une mauvaise blague d'Amy.

J'ouvre la porte et Justin disparaît.

— Et voilà ! dis-je avec emphase en désignant la pièce.

Des meubles blancs, tous « chinés » et remis à neuf par mon père. De simples voilages en guise de rideaux. Un mur entier recouvert de panneaux de liège avec des articles punaisés et des photos de magazines pour adolescents. Une tonne de coquillages des vacances à Cape Cod.

Rien d'extraordinaire. Ce qui est étonnant, en fait, c'est que ma mère ne m'ait pas forcée à tout jeter. Elle a transformé l'ancienne chambre de Carol en studio de yoga il y a quelques années. Mon temps est probablement compté.

Soudain, je sens les mains de Declan se poser sur moi, ses lèvres sur mon épaule et ses caresses à des endroits qui ne laissent planer aucun doute sur ses intentions. Et elles n'impliquent pas Justin Bieber.

Du moins, je n'espère pas.

— On ne peut pas faire l'amour ici ! m'exclamé-je.

Jeffrey et Tyler sont en train de monter et descendre les escaliers recouverts de moquette, pendant que Jeffrey compte à voix haute. Une partie improvisée de cache-cache est en cours, et je ne veux pas que les enfants surprennent Declan en train de cacher quelque chose à l'intérieur de tante Shannon.

— Pourquoi pas ?

— D'une part, mon lit est si petit que tu m'arracherais les yeux avant d'atteindre la cible...

— Est-ce que c'est *ça* la cible ?

J'ai du mal à parler, car des chocs électriques me traversent comme si je branchais une batterie. La chaleur qui se dégage de son torse solide comme un roc et de ses hanches qui s'enfoncent dans mon ventre fait flancher mes genoux. La Shannon adolescente, qui a passé de nombreuses nuits agitées à rêver de ce moment, se heurte à la Shannon responsable.

— Et de deux, je ne veux pas que ma famille nous entende !

Comme si c'était le bon moment, Jeffrey crie :

— Prêt ou pas, me voilà !

— Et si *je veux* qu'ils nous entendent ? chuchote Declan en me mordillant le lobe de l'oreille.

— Tu... Je... Qu'est-ce que tu... Oh mon Dieu.

J'en ai le souffle coupé lorsqu'il glisse ses mains sous ma ceinture pour me faire des choses indicibles.

— Alors, allons faire l'amour dans ta voiture.

— On ne peut pas faire l'amour dans ma *voiture* !

La Shannon adolescente est totalement dégoûtée par l'idée de faire enfin l'amour chez ses parents, mais le faire dans une voiture qui semble devoir être pulvérisée par un camion démoustiquant est encore pire. Toutes les Shannon sont d'accord sur ce point, même la petite Shannon qui palpite dans mon pantalon, celle qui n'arrête pas de crier *Oui oui oui* même si elle n'a pas de bouche.

— Pourquoi pas ? On a déjà fait l'amour dans la mienne, on serait quittes. C'est à ton tour.

— Je conduis une voiture avec un *insecte mort* sur le toit.

— Peut-être que c'est ça mon vrai fétichisme.

— Oh, les toilettes ne suffisent pas ?

— Je vais te montrer un fétichisme ou deux.

Une bouffée de chaleur jaillit de tous les pores de mon corps, et je suis sur le point d'accepter tout ce qu'il veut et d'ajouter quelques-unes de mes propres demandes, quand…

— SHANNON ! La voix de mon père est joyeuse et d'une ingénuité bienheureuse. C'est l'heure de la glace !

— De la glace ? murmure Declan, ses doigts glissant pour trouver mon intimité.

J'inspire si brusquement qu'une mèche de cheveux se coince dans ma narine.

— C'est la tra… – Ma voix déraille sous l'effet de l'excitation et des gémissements de désir. – … dition. On s'empiffre et on sort ensuite acheter des cornets trempés dans du chocolat. Le glacier local ouvre aujourd'hui. Ensuite, on va au cinéma.

— Des glaces et des films à Pâques ? J'adore ta famille.

— J'adore tes doigts.

— J'ai d'autres parties de moi que tu devrais aimer.

— THANNON ET DECLAN ! crie Jeffrey, juste devant ma porte.

Oh, non. Est-ce que je l'ai verrouillée ? Est-ce que Declan l'a fait ?

— Ch'est l'heure de la glache !

— J'adore la glache, dit Declan en me donnant un baiser humide et savoureux.

C'est le genre de baiser qu'un homme donne à une femme lorsqu'il n'y a pas de préliminaires, où l'on va directement à l'essentiel, car toutes les couches superficielles disparaissent au moindre contact.

Le genre de baiser que vous pouvez apprécier et chérir pour le reste de votre vie sans jamais en recevoir d'autre.

— Hé, Shannon, vous êtes…

Amy passe la porte comme elle le faisait quand nous étions enfants et que nous vivions à la maison. Comme elle le fait *maintenant* dans l'appartement que nous partageons.

Declan sourit, ses lèvres plaquées contre les miennes, et retire ses mains de mon pantalon, me laissant fébrile.

— Oh, vous prenez un dessert différent, marmonne-t-elle, en reculant et en fermant la porte, mais pas assez vite.

— Tante Thannon ! Declan ! Ch'est l'heure de la glache !

Jeffrey fait irruption dans la pièce et se glisse entre nous, enroulant ses petits bras autour de ma taille.

— Câlin de groupe !

Amy pouffe de rire.

— Câlin de groupe ?

Declan ébouriffe ses cheveux, mais la déception et le scepticisme de sa voix me font rire moi aussi.

— Tu devras te contenter d'une glace et du dernier film de Pixar.

Un large sourire illumine son visage.

— C'est parfait.

Je lui frappe l'épaule.

— Hé !

— On a tout le temps devant nous, ajoute-t-il en déposant un baiser sur ma joue.

— Beurk, marmonne Jeffrey, en tirant sur ma main. La glache !

— Tu m'en dois une avec deux boules, gamin, dis-je alors que nous descendons tous vers le petit groupe qui nous attend.

CHAPITRE 12

— Tu es la *pire* des épouses, dis-je à Amanda en sortant de la Cacamobile.

Nous nous sommes garées à quelques rues de la coopérative de crédit et elle me parle de stratégie entre deux interrogatoires sur ma relation avec Declan. Je jette un coup d'œil rapide à ma voiture. La lumière accroche un tas de petites choses étincelantes qui jonchent mon plancher. Jeffrey et Tyler ont été gâtés par le lapin de Pâques. Un peu trop. De plus, ma mère insiste toujours pour donner un panier à ses enfants. J'ai donc assez d'emballages d'œufs en chocolat sur le plancher de ma voiture pour construire trois boules à facettes.

Je coupe le moteur et je sors de la voiture. Un gamin sur un skateboard qui semble avoir environ douze ans, avec une coupe de cheveux à la Justin Bieber et un t-shirt Minecraft, me fait un signe et lance :

— Ta voiture, c'est de la merde.

Son rire disparaît au loin.

Ma confiance en moi aussi.

— Ignore-le. Concentre-toi sur moi. Dis-moi tout sur Declan. Ce qui s'est passé dans ta chambre après le repas de Pâques ?

Nous avons toutes les deux été très occupées ces deux dernières semaines. Amanda assistait à une importante convention de clients mystères à Kansas City la semaine dernière, et c'est la première fois que nous avons l'occasion de nous parler en personne. C'est logique : J'ai *toujours* eu une vie ennuyeuse et terne, et juste quand ça devient intéressant, elle n'est pas là. Et maintenant, nous pouvons rattraper le temps perdu, mais nous sommes sur le point de faire semblant d'être mariées.

Pendant que je décris ma vie sexuelle.

Hmmm.

— Non, Jeffrey nous a arrêtés.

Elle fronce les sourcils.

— Vous avez vraiment fait l'amour dans une limousine, dans un hélicoptère et dans un phare ?

— Oui.

— Tu peux le faire dans une voiture. Tu peux le faire à toute allure. Tu peux le faire dans les airs. Tu peux le faire au-dessus de la mer. Tu peux le faire dans une limo, tu peux le faire – tu es une bimbo !

— Hé !

— Tu peux le faire dans un phare. Tu peux… Elle s'interrompt. Qu'est-ce qui rime avec « phare » ? « Bar » ?

Elle frissonne, puis rit.

— Waouhhh ! Elle étire le mot comme si c'était du caramel. Declan doit avoir la période réfractaire d'un jeune de dix-sept ans si vous avez autant couché en une nuit.

Je rougis.

— Dans un *hélicoptère* ? couine-t-elle. Elle plisse les yeux en levant la tête, comme si elle essayait de l'imaginer. Comment vous avez fait pour ne pas passer par une porte ou autre chose ?

— C'était, heu… à sens unique.

Mon visage est aussi écarlate que son rouge à lèvres.

— Un hélicoptère à sens unique ?

— Un acte sexuel à sens unique. Sur le chemin du retour.

— Tu lui as fait une… Oh ok.

Elle me fait un high-five. Je lui tape dans la main, puis j'ai comme un mauvais pressentiment. Est-ce que nous sommes sérieusement en train de passer en revue toutes les façons dont j'ai couché avec un homme – un homme très, très séduisant – en nous rendant à une visite mystère où nous devons faire semblant d'être mariées ?

— Donc… je suppose que tu n'es pas retournée dans ce restaurant mexicain pour récupérer Steve ?

Je renifle.

— Non. Bien que Declan ait été choqué quand ma mère lui a donné un gros lapin en peluche et un panier rien qu'à lui qui contenait la moitié du rayon bonbons de Walgreen.

Elle me donne un coup de coude.

— Ça devient sérieux si Marie fait un panier à Declan.

— Et tu seras fière de savoir que j'ai supprimé les onze milliards de textos de Steve. C'est vraiment un con. Pourquoi est-ce que je suis sortie avec lui ?

Entre son commentaire sur Declan et ma mère, et mon propre sentiment de détachement à l'égard de Steve, je suis peut-être en train de passer à autre chose. Enfin.

Elle me faire comprendre qu'elle est d'accord d'un geste.

— On se pose tous la question depuis des années !

— Tous ?

— Moi. Josh. Greg. Amy. Ton père. Bon sang, même Chatounet serait d'accord s'il pouvait parler.

— Chatounet ne croit pas en l'égalité des chances, pas étonnant qu'il méprise Steve.

— Il te traquait sur Twitter et Facebook. C'était pathétique.

— Chatounet ?

Elle fait une grimace.

— Steve.

J'ai vu les hastags et les tweets brièvement avant qu'il ne les supprime. Je suppose que quelqu'un l'a convaincu que lancer des hashtags du style #libérerShannon et #aggressiondemillionnaire n'était pas vraiment bon pour ses perspectives commerciales. Je suis trop excitée par ma nouvelle relation avec Declan, du yoga aux agneaux de beurre, pour m'en soucier.

— Je sais.

L'air est frais après une averse matinale. Une vague de froid est arrivée et a balayé l'humidité oppressante, faisant de ce jour une journée de printemps ensoleillée, qui semble venir d'être baptisée.

— Tu aimes vraiment Declan.

Amanda s'arrête et me regarde attentivement. Mon cœur s'élève et sombre en même temps. Elle *me* regarde. Elle ne fait pas semblant. Ouverte d'esprit et sans jugement, ma meilleure amie essaie de me dire quelque chose.

— Oui.

Comment expliquer à quel point il me touche, le désir que je ressens pour lui, même si je viens de le voir il y a douze heures pour Pâques ? Le goût amer du « rendez-vous » avec Steve est emporté par la pluie. L'amertume à laquelle je m'accrochais s'est dissipée ces dernières semaines. Steve ne fait plus partie de ma vie désormais. Il m'a libérée.

Je devrais le remercier, en fait, parce que je n'aurais jamais rompu avec lui, et s'il ne m'avait pas libérée, je n'aurais jamais rencontré Declan. Je n'aurais jamais succombé à cet homme séduisant. Je n'aurais jamais fait l'amour dans une limousine ou baignée par la lueur d'un phare sur le port. Declan ne serait jamais venu à Pâques, et n'aurait pas pris un second dessert dans son appartement bien après la fin du film des enfants…

Je n'aurais jamais été la Fille des Toilettes.

Elle me serre l'épaule.

— Je suis vraiment heureuse pour toi.

Amanda s'arrête, puis marmonne :

— Une lesbienne porterait-elle cette nuance de lavande ?

Ses cheveux sont encore noirs, ses lèvres sont rouge vif et elle porte un tailleur conservateur. Elle semble tout droit sortie d'un clip des années 80. Sa question me tire de mes pensées.

Je lève les bras en l'air et je baisse la voix lorsque les passants commencent à me fixer.

— Est-ce que tu pourrais arrêter de me demander ce que font les lesbiennes ? Comment le saurais-je ?

Elle semble se calmer.

— Très bien. Je ne veux simplement pas griller notre couverture.

— On fait semblant d'être deux femmes mariées l'une à l'autre pour pouvoir demander un prêt hypothécaire sur la base de nos revenus communs. Greg n'aurait pas pu trouver une visite mystère plus ennuyeuse, même avec tous les efforts du monde.

Les exigences du magasin sont claires. Le lendemain de ma sortie de l'hôpital la semaine dernière, Amanda et Josh sont allés dans une autre succursale de la coopérative de crédit et se sont fait passer pour un couple hétérosexuel marié. Ils ont été traités selon le protocole de l'institution. La question qui se pose maintenant est la suivante : les employés de la banque traiteront-ils différemment un couple homosexuel ?

— Tu as oublié les visites mystères de magasins d'aspirateurs ? dit-elle d'une voix empreinte d'indignation.

Je sursaute.

— Bien vu. Il a déjà trouvé plus ennuyeux.

Passer trente minutes avec un vendeur d'aspirateurs-traîneaux qui fait une démonstration d'aspiration à deux niveaux aurait pu être sympa et un brin porno, mais au lieu de ça, ça avait plutôt eu l'air d'un mauvais coup.

Tout ce que tu veux, c'est récupérer tes affaires et sortir de là le plus vite possible et éviter de te faire sucer les pieds.

Mon téléphone vibre.

— Laisse-moi deviner, dit Amanda, en fermant les yeux et en se touchant la tête avec son enveloppe, comme un vieux sketch de talk-show. C'est Steve.

Je vérifie. Elle a raison.

On devrait se refaire un dîner. Sans être grossièrement interrompus, m'écrit-il.

D'accord, lui dis-je, puis je suis envahie par un profond dégoût de moi-même. Pourquoi ai-je accepté ? Qu'aurais-je pu dire d'autre ? C'est le énième texto qu'il m'envoie sur ce soir-là dans ce restaurant mexicain. L'apparition opportune de Declan et son pseudo-enlèvement délicieusement satisfaisant me font frissonner de la tête aux pieds, et mon corps s'embrase à ce souvenir. Comme un chat au soleil, tout ce que je veux, c'est m'étirer et ronronner.

Steve me donne envie de cracher et de griffer quelque chose. Et pourtant, je dis toujours « D'accord » lorsqu'il ne comprend pas le message. Peut-être que le message n'est pas assez clair.

Je n'ai pas tout dit à Amanda à propos de Declan. Comme il semblait jaloux, si possessif, qu'il est revenu tout droit de Nouvelle-Zélande et qu'il m'a retrouvée, m'emmenant en limousine jusqu'à son hélicoptère, puis faisant le tour de la ville jusqu'à ce que nous atterrissions sur l'île. Comme il était charmant et mesuré au yoga. La façon dont il désarme émotionnellement ma mère, mais sans être grossier. La façon dont il me fait me sentir si sûre de moi en étant simplement fidèle à moi-même.

Je ralentis un peu le rythme, en me demandant si je marche bizarrement. Ce ne serait pas étonnant. Encore des picotements. Je partage tout avec elle, c'est donc nouveau. Le fait de garder des choses pour moi leur donne plus de poids. Savourer ce que Declan et moi avons, et notre désir commun de partager encore plus de choses à l'avenir, n'est pas tant un secret qu'une affaire privée.

Personnelle.

La *nôtre*.

La mienne et celle de Declan, quelque chose que nous ne partageons avec personne d'autre. J'aimerais m'y accrocher encore un peu, avant que ma mère ne commence à réserver des salles de réception et à commander des roses trempées dans de la teinture assortie à une obscure bretelle de soutien-gorge que Kate Middleton a portée lors de son troisième match de polo avec le futur roi.

— Pourquoi accepter de revoir Steve ? demande Amanda.

— Je dois être maso.

C'est une vieille blague, mais cela ne veut pas dire que ce n'est pas vrai.

Elle presse le pas. Nous finissons par avancer à un rythme effréné vers la porte de la coopérative de crédit. Le bâtiment ressemble à tous les autres bâtiments commerciaux en brique avec des garnitures blanches. Un discret panneau blanc portant le nom de l'entreprise est centré au-dessus de portes vitrées. Des avertissements ponctuent l'entrée :

Retirez vos lunettes de soleil, chapeaux et capuches. Vous êtes filmés.

Parfois, je pense à montrer mes seins au pauvre type dont le travail consiste à s'asseoir devant un tas de caméras de sécurité et à vérifier l'absence de danger. Un peu de joie dans un travail morne, vous savez ? J'ai fait l'erreur de le dire à ma mère une fois. Elle l'a fait.

Il s'avère que mon cousin Vito assure la sécurité d'un centre commercial et qu'il a failli être aveuglé par la vue des tétés de tante Marie. Il l'appelle encore tante Antiviagra. Elle pense qu'il parle un italien attachant.

— Ne t'exhibe pas devant les caméras, me glisse Amanda quand nous entrons.

Elle me connaît vraiment trop bien.

— Promis.

Saisissant mon bras, Amanda s'arrête dans le hall.

— Ça va ?

En voyant comme elle me regarde attentivement, droit dans les yeux, je réalise qu'elle me demande vraiment si je me suis remise des piqûres d'abeilles. De tout ce qui se passe avec Declan.

— Oui.

— Tu es revenue rapidement au travail.

— J'en avais besoin. Tu as déjà été clouée au lit avec ma mère qui s'occupait de toi ?

— Je croyais que Declan passait tous les jours !

— C'est vrai.

Je souris en y repensant. Ma mère me prémâchait presque la nourriture et me donnait de l'eau au compte-gouttes. Toute cette histoire de « Oh, mon pauvre bébé a failli mourir » nécessitait un sauveur. Declan avait fait l'affaire. À l'exception de son séjour en Nouvelle-Zélande lors de ce voyage d'affaires, il était resté à mes côtés chaque jour.

Puis il s'était pointé à mon dîner avec Steve et m'avait appris à quel point les hélicoptères pouvaient être amusants. Ce souvenir me fait frissonner.

— Le véritable amour, c'est quand ton petit ami regarde *Les Saphirs* et *Les Flingueuses* trois nuits de suite avec toi, dit Amanda en soupirant.

Le véritable amour, c'est de le faire au-dessus des lumières de la ville, pensé-je, mais bien sûr je ne peux pas dire ça. Ou dans son appartement, qui sent l'eau de Cologne, le pin et un savon spécial.

Une personne en costume franchit les portes et nous ignore. Puis je réalise ce qu'Amanda vient de dire.

— Quel petit ami ? demandé-je.

Elle a l'air confuse.

— Declan. Quel autre petit ami as-tu à part cette monstruosité électronique dans ta table de chevet que tu appelles Edward Cullen ? Et il est aussi vieux que lui, ajoute-t-elle en fronçant les sourcils.

Je prends sa main et nos doigts s'entremêlent.

— Tu es le seul petit ami dont j'ai besoin, ma chérie.

Je me mets sur la pointe des pieds et dépose un baiser sur sa joue.

Elle fait un bond en arrière comme si je l'avais piquée avec un aiguillon à bétail.

— Greg a intérêt à nous donner une prime pour ça.

— Il doit aller avec Josh faire la même chose dans une autre succursale, alors je ne pense pas qu'il y aura de prime.

— Pauvre Josh. Ils vont ressembler à un ours et à un minet.

À mon tour de sursauter comme si j'avais été électrocutée.

— Heu ? Qu'est-ce que ça veut dire ?

La réceptionniste nous lance des regards nerveux. Amanda me donne un coup de coude.

— Oublie ça. Tu ne regardes vraiment pas assez le câble.

— Quel est le rapport avec...

Elle met son bras autour de moi et nous pousse toutes les deux vers la porte principale. Nous pénétrons dans la fraîcheur de la banque au sol de marbre, l'odeur de l'argent emplissant l'air.

— Allons-y et finissons-en.

— Je ne peux qu'approuver. Impossible de rester mariée avec toi plus d'une heure.

En dix minutes, on nous fait entrer dans une pièce aux murs de verre sans véritable porte, remplie de meubles en chêne foncé, de moquettes aux motifs lumineux et d'un homme à l'air pragmatique avec une calvitie qui a l'air de manger des rouleaux entiers d'antiacides pour s'amuser.

Jim Purlman est le responsable des prêts de la coopérative de crédit et nous demande comment nous nous sommes rencontrées.

Amanda et moi échangeons un regard confus.

— Vous voulez qu'on vous raconte notre rencontre en CE2 ? s'exclame-t-elle.

Jim a l'air d'être à moitié irlandais et à moitié autre chose, avec un nez aux airs de betterave rouge et des sourcils livrés à eux même depuis 1977. La peau sous ses yeux est fine comme du papier et bouffie, et ses rares cheveux sont gris, rabattus sur son crâne comme sur les vieilles photos carrées des années 1960 des albums de ma mère. Le genre d'homme qui sent la vieille fumée de cigarette et la crème contre les taches de vieillesse.

Mais il se met à sourire et dit :

— Quelle merveilleuse histoire d'amour. Depuis votre plus tendre enfance. Vous avez rencontré votre âme sœur jeune. Vous avez des enfants ?

Il appuie ses avant-bras contre le bureau vitré et attend notre réponse.

Je suis frappée de mutisme. On nous a dit que cette série d'évaluations avait été demandée par le conseil d'administration de la coopérative de crédit, en réaction à des plaintes. La réponse de Jim n'est absolument pas celle à laquelle nous nous attendions.

Amanda nous sauve la mise, en tendant la main et en caressant mon poignet de son pouce. Un picotement me traverse le corps, et ce ne sont pas les derniers vestiges du contenu de l'EpiPen. Ses yeux rencontrent les miens et bon sang, Mesdames et Messieurs, nous sommes de sacrément bonnes actrices.

Du moins, j'espère qu'il s'agit de comédie. Parce que je suis raide dingue de Declan.

— Le destin nous a réunis dans la cour de récréation et nous espérons qu'il nous sourira autant au niveau enfants.

Elle me sourit si gentiment que mon pouls s'accélère et que mes joues s'empourprent. La passion transparaît très nettement dans son comportement, et Jim se penche légèrement sur sa chaise, comme détendu par cette confirmation.

— Je suis sûr que vous trouverez le bon homme… Il secoue légèrement la tête. heu, désolé. Le bon *moyen* d'avoir la famille que vous méritez.

Amanda lâche ma main et pose la sienne sur mon genou. Je pense à Declan, et je m'embrase. Me faire toucher ainsi, de façon amoureuse, semble me faire perdre les pédales.

— On dirait que vous allez pleurer, dit Jim.

Je lève la main et j'essuie un œil larmoyant.

— Nous avons encore du mal à croire que nous avons pu nous marier, expliqué-je.

— Quand était-ce ?

— Il y a deux semaines, au palais de justice de notre ville.

— Vous avez donc un certificat de mariage ? demande-t-il.

— Vous avez besoin de le voir ?

Pour Jim, le changement de personnalité d'Amanda ne se remarque pas, mais je comprends ce qu'elle fait. Les couples hétérosexuels légalement mariés n'ont pas besoin de présenter un certificat de mariage pour demander un prêt sur la base de revenus communs, donc s'il le demande, nous devons le noter sur l'évaluation.

— Oh, non ! s'exclame-t-il. Je voulais juste dire qu'il doit être formidable de savoir que vous pouvez être mariées et avoir toutes ces protections juridiques.

Juste à ce moment-là, quelqu'un tape sur la vitre. Je me retourne vers le bruit et tout mon corps se fige, aussi gelé qu'un Esquimau.

Devant moi se trouve Monica Raleigh.

La *mère* de Steve.

— Shannon ! s'exclame-t-elle.

Heureusement, j'ai utilisé mon vrai prénom sur le formulaire de candidature pour la visite mystère. Mais je ne peux absolument pas griller ma couverture. Monica ne doit pas savoir que nous sommes ici pour une évaluation. Surtout pas. Aucun échec ne serait toléré.

Même si ça me tue.

CHAPITRE 13

Je me lève, les jambes tremblantes, et elle me serre à moitié dans ses bras, le genre d'étreinte où l'on ne peut pas dire si l'autre personne a un pouls ou non. Un nuage de parfum Cinnabar me prend le nez et la gorge. Il a le goût de la cannelle rance.

— Cela fait si longtemps, ajoute-t-elle.

Un an, oui. Mais Monica ne m'a jamais aimée. Jamais. Pas du tout. Son jeu d'actrice devrait être récompensé, car elle est douée pour faire semblant. Faire le strict minimum était sa façon de m'aimer. Un tremblement familier et de faible intensité débute à l'intérieur de mon corps, comme si mes os s'activaient aux premiers signes d'un tremblement de terre.

Elle ressemble à une version réduite de Steve, avec la même mâchoire négative, comme si le monde devait prouver qu'une once de positivité est possible. La suspicion et le pessimisme font partie de ses défauts.

Je pensais que c'était un signe d'intelligence, comme si le fait d'être pessimiste signifiait que vous aviez découvert la vérité bien avant tout le monde. Maintenant, je me dis que c'est juste une belle couverture derrière laquelle se cache un connard qui ne sait pas comment s'en sortir.

Elle ressemble à Steve, sauf que c'est un oiseau de proie. Il ne lui manque que des ailes. Sa taille est plus épaisse que sa poitrine, ses jambes sont maigres, ses pieds sont écartés et sa ressemblance avec un oiseau de proie ne serait pas aussi frappante si elle ne tyrannisait pas tout le monde.

Ses sourcils sont soulevés en permanence, ce qui donne l'impression qu'elle remet en question tout ce que je dis.

— Amelia ! s'exclame-t-elle en se tournant vers Amanda, qui bondit et fait pratiquement la révérence.

Monica a cet effet sur certaines personnes. Elle a les allures d'une reine et l'arrogance d'une arriviste. Steve et moi sommes sortis ensemble pendant *combien* d'années et elle ne se souvient pas du nom de ma meilleure amie ?

Amanda ne la corrige pas. Ce serait comme essayer de corriger le roi Joffrey. Vous finiriez décapitée en quelques secondes.

— Que faites-vous là toutes les deux ? demande-t-elle.

— Bonjour, Monica, dit Jim, en se levant et en faisant le tour du bureau.

On dirait qu'il est à moitié loup, la dévorant de ses yeux de prédateur. Monica porte une tenue élégante venant d'une des boutiques près de Neiman Marcus dans le centre commercial de Natick. Enfin, si on peut appeler ça un centre commercial. Presque toutes les villes appellent leur zone fermée avec des boutiques un centre commercial, mais les promoteurs de Natick auraient visiblement aimé concevoir Rodeo Drive.

Et Monica agit comme si elle y vivait, même si elle est en réalité une mère de banlieue.

— Pourquoi, Jim ! s'exclame-t-elle, comme Scarlett O'-Hara dans *Autant en emporte le vent*.

Je m'attends presque à l'entendre chantonner et à ce que le sud de Boston s'enflamme. Si les Red Sox perdaient le septième match des Séries mondiales, cela pourrait bien arriver.

— Amanda et Shannon sont ici pour demander un prêt, explique Jim.

Amanda et moi échangeons un regard où se mêlent horreur et professionnalisme, à parts égales. Les yeux de Monica s'illuminent.

— Un prêt ? Tu achètes ? Comme tu es ambitieuse, Shannon. Je pensais que tu resterais dans ce boulot sans avenir et que tu ne montrerais jamais de culot. Steve t'a appris de bonnes choses, n'est-ce pas ? Je suis sûre que tu apprécies tout ce qu'il a fait pour toi pendant toutes ces années.

Scritch. Arrêtez le manège, car quelqu'un doit descendre de ses grands chevaux.

Jim ne doit pas savoir que je suis sortie avec Steve. Pas avant qu'Amanda et moi ne terminions cette horrible évaluation. Je sais que je suis en enfer parce que Monica est la reine ici. Elle pourrait épouser Hadès et le faire fouetter en un rien de temps.

Amanda n'est que trop consciente de la situation, mais elle peut aussi voir de la fumée sortir de mes oreilles, alors elle s'interpose entre moi et Monica. Elle ouvre la bouche, mais Jim la devance :

— Ces jeunes mariées sont ici pour acheter leur première maison ensemble. N'est-ce pas formidable ?

En sortant avec un mec pendant quelques années, vous apprenez à connaître assez bien sa mère, même si elle a un bâton dans le cul si long qu'elle pourrait cueillir des fruits avec. Monica ne partira pas de sitôt, parce que c'est un bulldog avec ses dents plantées dans mon mollet, et la mascarade se complique. Griller notre couverture signifierait perdre un client majeur de Consolidated Evalu-shop. Greg se raccroche à ce contrat de longue date depuis des années et, même si nous plaisantons tous sur le côté ennuyeux des évaluations de banques, de coopératives de crédit, de sociétés de prêt et d'assurances, elles paient les factures et maintiennent à flot la société de marketing où je travaille.

Lorsqu'un contrat stable est en jeu, je suis prête à mettre de côté ma dignité (pas si grande que ça) pour satisfaire le client.

Malheureusement, j'ai adopté la même approche avec Monica pendant toutes ces années, la laissant me démolir pour le bien de Steve.

— Tu t'es mariée ? s'étouffe-t-elle en tendant le cou et en observant autour d'elle, à la recherche d'un suspect évident. Où est-il ?

Amanda me prend la main et m'attire vers elle, son épaule se heurtant à la mienne alors qu'elle se penche et m'embrasse sur la joue.

— Pas il, elle. Moi. Nous sommes les jeunes mariées.

Le masque social de Monica ne se contente pas de craquer. Il se brise.

— Vous êtes, vous êtes… ?

Sa bouche se tord comme si elle avait accidentellement mangé un gecko vivant.

— Lesbiennes ?

Le mot émerge comme cette tête grognon de l'estomac de John Hurt dans *Alien*.

Amanda regarde sa montre et ne répond pas à la question. De mon côté, je me lance dans une imitation d'un bar de cinq kilos remonté sur un bateau avec un hameçon dans l'œil, et la bouche qui s'ouvre et se ferme, sans se rendre compte de la mort lente et douloureuse qui l'attend.

— On a un autre rendez-vous dans trente minutes, on peut s'y mettre ? demande Amanda à Jim d'un ton signifiant *Et n'essayez pas de refuser*.

Puissante et autoritaire, elle est aussi désinvolte dans le bon sens du terme. J'aurais presque envie de sortir avec elle. Attendez. Je suis mariée avec elle. Je ne peux pas sortir avec elle.

Jim se rallie à notre cause.

— Bien sûr, bien sûr ! Monica, ça m'a fait plaisir de vous voir, dit-il en lui serrant la main.

Elle la lui broie et ses yeux de démon brillent comme des rubis, pointés vers moi.

— Tu es lesbienne ? Et mariée avec une femme ?

Son ton est celui d'une institutrice de maternelle qui explique qu'il y a sept continents à un groupe d'enfants de trois ans, comme si je ne savais pas ce que je dis et qu'elle me corrigeait. Elle semble perturbée.

— Oui, dis-je dans un souffle, le mot flottant dans l'air comme un pet.

Elle tressaille.

Puis tout son visage se transforme. Jim retourne à son bureau et marmonne quelque chose à propos de la paperasse. Une main en forme de griffe m'attrape le bras et me tire à quelques mètres de lui. Ses mots sortent dans un sifflement précipité.

Amanda nous suit, me tenant toujours la main et souriant comme un personnage de Disney. Si Monica est Maléfique, alors Amanda s'est transformée en quelques secondes en une sorte de Simplet.

— Tu aimes les femmes.

— J'aime les femmes ! dis-je en pépiant.

Elle fronce encore plus les sourcils et ses yeux s'agitent en tous sens comme si elle fouillait dans sa mémoire. Ma main commence à transpirer et Amanda la lâche, l'essuyant sur sa jupe. Elle me lance un regard suppliant, comme pour dire qu'il n'y a rien à faire.

Vous savez, ces reportages sur des gens qui se retrouvent avec des voitures qui traversent soudain vitrines de magasins et vitres de maisons ?

Je les considère maintenant comme chanceux. *Oh s'il vous plaît, mon Dieu, envoyez-m'en une maintenant.*

Mais non. Au lieu de cela, Monica dit, en tapotant un index manucuré sur ses lèvres enduites de rouge à lèvre couleur pêche :

— Je comprends mieux maintenant.

— Qu'est-ce que c'est censé vouloir dire ? demandons Amanda et moi au même moment sur le même ton signifiant *Elle est sérieuse ?*

Le visage de Monica se transforme tandis qu'elle réfléchit, sa mâchoire contractée se desserrant au fil des secondes.

— Oh, ma chère. Pas étonnant que ça n'ait pas marché entre Steve et toi. Tu cherchais une femme de Boston et il cherchait une femme à Boston.

Une femme de Boston. J'ai déjà entendu ce terme. Une vieille expression faisant référence au lesbianisme bien avant qu'il ne soit socialement acceptable de dire *lesbienne*.

— Je suis sortie avec Steve, je l'ai aimé et il m'a rejetée, dis-je, un nuage rouge de fureur grandissant au-dessus de ma tête, prêt à déchaîner un torrent de poison sur Monica.

Jim s'éclaircit la gorge. Est-ce qu'il a entendu ? Monica serre si fort des perles imaginaires que je pense qu'elle se fait une trachéotomie.

— Tu ne peux pas en vouloir à mon fils. Il l'a senti. Il est intelligent, et c'est un homme. Un homme au sang chaud, viril, avec des besoins. Tu ne pouvais clairement pas lui donner ce dont il avait besoin, alors il est parti.

Elle renifle l'air. Son geste est si snob qu'il me fait aboyer de rire. Dame Maggie Smith pourrait prendre des leçons sur la prétention aristocratique avec Monica.

— On parle du même Steve, n'est-ce pas ? me demande Amanda. Le même gars qui gardait ses chaussettes pendant le sexe et qui a insisté pour te faire acheter tous ces tableaux de tentacules érotiques japonais avec ton propre compte pour qu'on ne puisse jamais remonter jusqu'à lui ?

— Certaines choses sont censées rester privées, murmure Monica d'un ton cinglant.

— Monica, il achète de vieilles estampes japonaises de

la période Meiji et les met sur les murs de sa chambre. Vous n'avez jamais regardé de près ce que représentent ces tableaux ? La pieuvre qui s'accroche au corps à moitié nu de la femme n'est pas là pour se faire câliner, ajouté-je.

Les yeux écarquillés, Monica semble sur le point de s'évanouir. Je commence à me sentir coupable. Je pourrais retourner le couteau dans la plaie, mais je ne le fais pas.

— Votre homme viril au sang chaud a des fantasmes Hentai vraiment bizarres, dit Amanda sans ambages.

— Attends, dit Monica, les yeux embués par la confusion.

Elle sort son téléphone et parcourt ce qui ressemble à ses SMS, puis lit quelque chose.

— Steve m'a dit que tu sortais avec Declan McCormick maintenant. Elle laisse échapper un sifflement admiratif. Impressionnant !

Ses yeux se fixent sur Amanda.

— Vous acceptez le fait que Shannon soit… bisexuelle ?

Ce mot semble plus facile à prononcer pour elle que *lesbienne,* mais il sort quand même comme si elle avait mordu accidentellement dans un morceau de caca recouvert de chocolat.

Je me fige. Amanda aussi. Que pouvons-nous dire ? Comment expliquer à ma fausse femme que j'ai un vrai petit ami milliardaire ?

Amanda rit.

— Ce n'est que du business.

Les sourcils de Monica s'élancent vers le ciel.

— Tu fais semblant de sortir avec Declan McCormick ? Même Jessica Coffin a commenté votre couple.

Amanda grimace. Je sais qu'elle suit Jessica sur Twitter. C'est le bordel. Un bordel certifié de classe A et une évaluation ratée. Si j'admets que je sors avec Declan, notre mission sera un échec. Si je ne le fais pas, Monica va lancer la rumeur en mode alerte rouge. Je vois bien le tableau, avec des sirènes qui hurlent et les sangs bleus qui s'évanouissent.

Je préfère avoir la main coincée dans les toilettes en mangeant du raifort aromatisé aux noisettes.

Amanda regarde Jim de façon si incisive qu'on dirait qu'elle travaille pour les magasins de couteaux Wüsthof, et elle me serre avec plus d'affection qu'un enfant de trois ans devant son premier ours en peluche Build-A-Bear.

— N'est-ce pas, chérie ? Tu sors juste avec Declan pour les affaires.

Monica me regarde comme ma mère regarde une vente avec 75 % de remise chez Gaiam.

— C'est exact, dis-je avec un faux sourire. Je m'efforce d'être plus agressive en affaires.

— Steve serait fier, murmure sa mère. Il a tellement essayé de t'aider à développer cet instinct de requin.

J'ouvre la bouche pour dire quelque chose, et Amanda presse son doigt contre mes lèvres dans ce qui semble être un geste affectueux.

— Tu ne sors donc réellement pas avec Declan McCormick pour son allure ? Son charme ? Son argent ? insiste Monica.

— Pour l'argent de sa société, dis-je, détestant instantanément les mots que je prononce.

En essayant de ne pas griller ma couverture, je risque de vomir dessus. Amanda me serre la main et se blottit plus près. Je suis verte. Je suis Kermit la grenouille en ce moment.

— Tout le monde est tellement plus heureux maintenant, n'est-ce pas ? En tout cas, Steve l'est certainement.

Les paroles d'Amanda font redescendre Monica. Elle prend son sac à main et trafique quelque chose sur son téléphone, puis regarde l'horloge murale.

Nous avons toutes des sourires crispés. Nous ressemblons à la photo « Après » d'un coupon de réduction « Deux chirurgies plastiques pour le prix d'une ».

— Ta mère doit être très heureuse de voir une de ses filles se marier. Elle marque une pause. Encore, je veux dire. Je sais que Carol est divorcée.

Oh, non.

— C'était une simple cérémonie civile, rétorqué-je. Pas un vrai mariage. Je presse la main d'Amanda. Nous organisons un mariage et une réception très bientôt.

— Vraiment ? Où ça ?

— À Farmington, s'écrie Amanda.

Amanda ne réalise pas que Monica fait partie du conseil d'administration du country club de Farmington.

— Vous *ne pouvez pas*.

La voix de Monica se fait grave et rugissante.

Jim passe à côté à ce moment précis.

— Elles ne peuvent pas quoi ?

Il tient une pile d'imprimés. Je vois une déclaration de prêt plus épaisse que le mur d'un château en pierre français du XIIIe siècle dans ses mains musclées.

— Elles ne peuvent pas se marier au country club de Farmington, dit Monica à voix basse.

Elle a l'air médusée.

— Pourquoi pas ?

Monica pâlit.

— Parce que ça ne se fait pas.

— Des gens s'y marient tout le temps.

Jim plisse les yeux et sa mâchoire se resserre. Allez Jim ! Tu vas avoir une évaluation d'enfer. Du moins, une fois que je serai allée vomir dans une poubelle et que j'aurai pris quatre Xanax.

Monica se raidit.

— Bien sûr. Son sourire est si incisif qu'elle pourrait découper du fromage avec. On verra bien, ce qui, traduit en langue de pute, signifie *Alors là, aucune chance.*

Jim me lance un regard interrogateur, et fait de même avec Amanda. Il brandit la pile de papiers.

— On s'y met ? Vous avez une maison et une vie à construire.

Il adresse à Monica un regard froid.

— Tout de suite.

Elle fronce les sourcils et fait semblant de répondre au téléphone. Sa sortie est remarquablement décevante.

— Désolé pour ça, dit Jim alors que nous nous y mettons.

Je suppose qu'il nous reste encore une heure ou deux de paperasse et que nous pourrons partir. Si seulement ma cote de crédit était supérieure à la taille de mon soutien-gorge.

— Pas de problème. Ça arrive, dit Amanda.

Son ton est neutre, mais je sais qu'elle teste Jim. Mon corps est sur le point de se transformer en supernova de colère et des parties de moi sont sur le point de se transformer en rubans de chair et de s'étirer jusqu'au parking pour étrangler Monica, alors je me tais et je rumine.

— On lit en Shannon comme dans un livre ouvert, souligne Jim. Vous voulez savoir la vérité ?

Il regarde fixement vers l'endroit où Monica vient de sortir, soupire, et extrait le premier papier de la pile, sortant son stylo à bille.

— Certaines personnes préfèrent se cacher derrière un masque plutôt que d'être vulnérables et authentiques.

Ses yeux sont ouverts et respectueux, mais quelque chose de plus sombre les traverse.

Et sur ces mots, Jim vient d'obtenir le meilleur score possible pour cette visite mystère.

Et j'ai perdu tout ce qui était important pour moi parce que je ne pouvais pas faire tomber le masque.

CHAPITRE 14

La première personne à m'envoyer un message est ma sœur, et elle le fait bien en face de moi.

— Oh MON DIEU, crie Amy en s'écrasant sur le seuil de ma porte, manquant d'aplatir la porte creuse bon marché.

Ses cheveux semblent animés d'une existence propre, comme les serpents de la Gorgone, tandis qu'elle se tord le cou à passer sans cesse de ce qui peut bien se trouver sur l'écran de son téléphone à moi, me jetant des regards qui me rappellent les femmes dans *The Handmaid's Tale : La Servante écarlate* lorsqu'elles sont assignées à une maison.

— Qu'est-ce que maman a fait cette fois ? demandé-je.

Note à moi-même : installer un verrou sur la porte de la chambre. Surtout si je prévois de recevoir la nuit.

Ce qui est le cas.

— Ce n'est pas maman. Pas cette fois. Pour une fois.

Elle fait les cent pas, ses cheveux ressemblant à ceux d'une dame de compagnie. Je passe ma main dans mes propres dreadlocks et j'y trouve un nid de serpents de cheveux raides et filandreux. Comment fait-elle pour ressembler à un mélange entre Mérida et Christina Hendricks alors que je ressemble à une Cameron Diaz ivre dans *Bad Teacher* mélangée avec Melissa McCarthy après cette affreuse scène de diarrhée dans *Mes meilleures amies* ?

Les mystères de la génétique.

— Alors qui ?

Je prends mon téléphone pour vérifier les messages de Declan. Il a travaillé tard hier soir et il avait ensuite une réunion du conseil d'administration d'une grande organisation caritative. Nous devons nous retrouver chez moi ce soir pour boire un coup. Comprendre qu'il me boira, que je le boirai et qu'à un moment, nous finirons par céder à d'autres besoins naturels et nous commanderons thaïlandais.

— Jessica !

— Jessica… qui ?

Je me frotte les yeux, essayant d'émerger. Avant d'être interrompue aussi brutalement, j'étais en plein rêve. Declan et moi étions dans une cabane sur la plage d'une île tropicale, nus et bronzés, en train de boire quelque chose de fruité et de délicieux dans une demi-noix de coco…

— Coffin !

— Jessica Coffin.

Je prononce son nom lentement, puis j'ouvre mon application de messagerie.

157 messages.

Hein ?

— Pourquoi j'ai 157 messages ? Steve ne peut pas être AUSSI fou que ça ! m'écrié-je.

Amy lève les bras, exaspérée. Cela la rend encore plus mignonne. Si je le faisais moi, je donnerais l'impression d'écraser des mouches. Ses yeux sont remplis de panique et de pitié.

— C'est ce que j'essaie de te dire ! Ta vie a explosé la nuit dernière dans le cyberespace.

Elle marque une pause.

— Et, bientôt, ça va être pareil dans la vraie vie. Tu as des nouvelles du milliardaire ?

— Mais qu'est-ce que Declan a à voir avec tout ça ?

La porte d'entrée s'ouvre et quelqu'un crie :

— Salut - oh non ! Laisse-moi tranquille ! Ce sont de nouvelles chaussures !

— Chatounet ! crions Amy et moi en même temps.

Notre chat s'est fait castrer il y a une éternité, mais parfois il marque encore son territoire, surtout sur les chaussures avec des lacets qui remontent jusqu'à la cheville. Alors qu'Amanda entre dans ma chambre en secouant son pied, je vois que j'ai raison.

— Pourquoi est-ce que tu portes des spartiates chez moi ? Tu sais bien que Chatounet va pisser dessus.

— Excuse-moi d'avoir oublié que tu as un chat fétichiste des lacets, répond-elle, furieuse. C'est la mode en ce moment.

Elle attrape une serviette posée sur le dossier d'une chaise et commence à s'essuyer le pied, en jurant entre ses dents tandis qu'elle s'éloigne en titubant vers la salle de bain. L'eau commence à couler et Amy reporte son attention sur moi.

Je lui coupe l'herbe sous le pied.

— Du café ? Je ne peux pas gérer une crise avant d'avoir bu au moins trois tasses.

— Pas de chance, sœurette, parce que la crise est là, que tu aies eu ta dose ou non.

— Et quelle est exactement la crise ?

Elle me montre du doigt mon téléphone.

157 messages.

— Lis-les pendant que je te prépare un double expresso. Tu vas en avoir besoin.

Son sinistre avertissement me fait froncer les sourcils, et Chatounet se faufile dans la pièce avec un regard désapprobateur. Je scrute la pièce à la recherche de lacets de toutes sortes.

Heureusement, j'ai un goût pour les chaussures qui se rapproche beaucoup de celui d'un skateur ; je ne risque donc pas grand-chose.

Il renifle l'air, plisse les yeux et regarde le téléphone dans ma main. *Vas-y*, semble-t-il dire. *Fais-moi plaisir !*

Maintenant, mon chat me sort des répliques de *L'Inspecteur Harry*. C'est pire que ce que je pensais.

— Mais avant de lire tes messages, tu dois consulter le compte Twitter de Jessica Coffin, explique Amanda en sortant des toilettes sans chaussures. C'est… eh bien… dit-elle sur un ton compatissant qui fait accélérer mon rythme cardiaque. Chérie, il faut vraiment que tu boives ce café.

C'est Declan qui m'appelle « Chérie » manqué-je m'écrier. Cela semble pathétique et inquiétant quand Amanda s'y met.

— Comment le compte Twitter d'une femme de glace

pourrait-il dire des choses aussi graves ? Qu'est-ce que ça a à voir avec ma vie ?

Elles commencent à me faire peur. C'est juste une femme avec qui Steve est sorti. Une femme qui voulait sortir avec Declan.

— Tu te souviens hier à la coopérative de crédit ?

— Comment pourrais-je oublier ?

— On a rencontré la mère de Steve...

— Accouche !

Amy m'apporte un café et j'en prends une gorgée, qui me brûle la langue. Le café pourrait décoller le papier peint tellement il est fort, mais cela semble être intentionnel.

Oh, bon sang.

— Monica a dû dire quelque chose à Steve qui a dit quelque chose à Jessica.

Amanda et Amy échangent un regard qui me glace le sang. Chatounet sourit. Je devrais le louer comme interrogateur pour la mafia russe.

Oh, c'est mauvais. Vraiment mauvais.

— Et Jessica a fait quoi ? Elle m'a mentionnée sur son compte Twitter ?

J'étouffe un petit rire agacé. C'est ridicule. Que peut bien me faire un Tweet ? Nuire à mon score Klout ? Ouch ! Tu as heurté mes faux sentiments sur Internet.

Elles me regardent d'un air inquiet.

— Oui, répondent-elles à l'unisson.

Je regarde Amanda avec insistance.

— Je savais que cette histoire de porno tentaculaire ne nous attirerait que des ennuis.

Je prends mon téléphone au ralenti, comme dans

The Matrix, sauf qu'au lieu d'avoir l'impression d'aider à sauver le monde, je me sens comme un insecte à deux doigts d'être broyé par le pare-brise d'une Mini Cooper.

Amanda me tend son téléphone alors qu'Amy la regarde fixement et murmure :

— Du porno tentaculaire ? Je crois que je ne veux pas savoir…

@jesscoffN dit : Des lesbiennes qui sortent avec des milliardaires pour faire des affaires. On dirait une émission de télé-réalité ou un roman d'amour trash.

— C'est tout ? demandé-je en riant. Tout le monde s'en fiche.

— Regarde ce qui suit, dit Amy d'une voix que vous utiliseriez pour dire à une personne qu'elle s'est promenée devant le PDG de sa société avec sa jupe coincée dans son collant.

@homdaffR : Laisse-moi deviner. SJ ? Incroyable.

— SJ ? Shannon Jacoby ? Quoi ? Les gens parlent de moi en ligne en utilisant mes initiales ? Allez, les filles, c'est…

Mais la suite me laisse sans voix. HomdaffR, c'est Steve. Je me souviens du jour où il a choisi son nom d'utilisateur.

@jesscoffN : @homdaffR Je suppose que certaines personnes sont tellement désespérées qu'elles s'abaisseraient à n'importe quoi, même à tromper leur femme pour faire des affaires.

Je hurle de rire.

— Quoi ? Non, mais, sérieusement ? Putain, c'est hilarant !

— Continue à lire, conseille Amanda, en me poussant le coude pour que je boive plus de café.

J'avale d'un trait la moitié de la tasse maintenant plus froide et mes yeux parcourent la page.

Une vingtaine de personnes demandent à Jessica de « vider son sac ». Très certainement des tweets programmés par Jessica pour présenter le nouveau contenu de son sac à main.

— Ce n'est rien ! insisté-je.

Et alors qu'un effrayant froid électrique se développe dans mon estomac, je m'y tiens. Je suis sérieuse. C'est juste une stupide connerie de réseaux sociaux en ligne qui ne m'affecte pas dans la vraie vie. N'est-ce pas ?

— Regarde le tweet qui s'adresse à Declan.

— Declan ?

Ce froid électrique produit soudain des étincelles comme si quelqu'un avait actionné un disjoncteur.

@jesscoffN @anterdec2 Comment vont les affaires ?

— Ce n'est rien.

Mais ma voix tremble. Je frissonne. Les vibrations s'étendent au fond de moi, comme un vol d'oiseaux effrayé par un coup de feu lointain et s'enfuyant de façon désordonnée. Des oiseaux qui paniquent et qui s'enfuient.

Des milliers d'oiseaux en moi commencent leur migration soudaine, mais il n'y a pas d'issue. Ils se cognent contre mes os, ma peau, mes muscles.

— Il n'a pas répondu, dit rapidement Amy, les yeux grands ouverts.

Ils sont si bleus qu'ils donnent envie de nager dedans.

— Pourquoi le ferait-il ? Il sait que ce sont des conneries.

Mais c'est bien là le problème, je le crains : le sait-il ?

Quand vous ne savez pas ce que les gens disent de vous dans votre dos, il ne vous reste que votre imagination débordante. Et j'ai un penchant pour l'autoflagellation qui est si fort que je devrais faire la tête d'affiche d'une convention de masochistes.

— Regarde tes messages. Peut-être qu'il t'a envoyé un texto ou qu'il t'a appelée.

Mes doigts sont comme des glaçons alors que je tâtonne avec mon téléphone. Pas de message vocal. Un examen rapide de mon courrier électronique révèle quelques communications avec des clients mystères qui ont rencontré des problèmes, certains qui ont perdu les reçus et une tonne de courrier indésirable.

157 messages texte.

J'ouvre l'application et j'ai l'impression d'appuyer sur le bouton de l'arme nucléaire.

Je reçois des tweets de personnes du lycée qui semblaient ignorer jusqu'à mon existence à l'époque. Des gens qui se moquaient ouvertement de moi. Est-ce que c'est mon ancien orthodontiste ? Bon sang. Qui est le prochain ? Mon gynéco.

Ouaip. @ouvregrand123 – ça, c'est le gynécologue, pas l'orthophoniste.

La plupart des messages, cependant, sont du charabia de personnes que je ne connais pas, tous provenant de Twitter. J'ai ouvert un compte il y a quelques années, mais je l'utilise à peine. Quelqu'un m'a ajoutée à la conversation de @jesscoffN ?

Amy m'explique.

— C'est Steve. Il a mentionné ton nom. Tu peux le voir dans son fil.

— On peut expliquer ça à Declan, chuchote Amanda pendant que je gémis.

Je l'ignore, cherchant dans mes messages. Rien de Declan. Rien. Pas un mot. Le silence est pire que l'indignation.

Bien pire.

— On a une réunion avec lui aujourd'hui, ajoute Amanda.

— Qui ? Ma voix semble venir du bout d'un très long tunnel.

— Declan. On a une réunion avec Anterdec aujourd'hui.

CHAPITRE 15

— Oh mon Dieu.

Je tire les couvertures sur ma tête comme si cela pouvait servir à quelque chose. À l'intérieur de mon faux nuage blanc douillet, j'aimerais pouvoir retourner à l'âge de cinq ans, quand la pire chose qui pouvait m'arriver était de devoir porter un ruban de la mauvaise couleur.

Amy revient.

— Shannon ? Sors de là, insiste-t-elle.

Je sors la tête comme une tortue qui jetterait un coup d'œil après le largage d'une bombe atomique.

Dans ma panique, je n'ai pas remarqué qu'elle avait pris ma tasse de café vide. Elle revient avec une tasse pleine. Quand est-elle devenue si serviable ? Depuis que j'ai rencontré Declan, elle est aux petits soins avec moi. Non pas que cela me dérange. Je préfère me faire servir mon café au lit par un homme nu avec qui je pourrais avoir des ébats sexuels, mais dans ce classement, *toute personne* qui m'apporterait mon café au lit arriverait également en très bonne position.

Je prends la tasse, reconnaissante.

— Merci.

— Pas de message de Declan ? demande-t-elle en désignant mon téléphone.

— Non.

— Tu en es sûre ? Au milieu de ce milliard de messages, tu aurais pu en manquer un.

Je désigne mon propre smartphone du menton.

— Vas-y. Vois par toi-même. Ou – ajouté-je, en prenant une longue gorgée de café – *ne vois pas*.

Il n'y a rien à voir. Il m'a larguée, n'est-ce pas ?

Une immense vague de douleur et d'envie me traverse. La sensation des vagues qui se retirent du rivage, exposant toutes les étoiles de mer et les bernard-l'ermite au soleil et à l'air, impuissants et à la merci d'une force de la nature tellement plus forte.

Jessica Coffin, l'accro à Twitter.

— Ce Tweet n'était pas si terrible.

— C'est assez incriminant, marmonné-je.

Je n'arrive pas à croire que ma vie ait implosé à cause de commentaires faits en 140 caractères ou moins. Si la brièveté est l'âme de l'esprit, alors Twitter est le tas de fumier fumant au bout du cheval. Certes, cette comparaison n'a aucun sens, mais je suis assise au lit avec 157 SMS, la plupart d'entre eux provenant de personnes ayant des pseudos Twitter comme @lebroncraintgrave et @monflinguemoncoeur et je suis censée avoir une réaction logique ?

Et pas un seul fichu message de Declan ou d'@anterdec2 ou…

— Attends.

Je me tords le cou pour regarder Amanda, qui, je m'en rends compte, est maintenant rousse. Ses cheveux sont exactement de la même couleur que ceux d'Amy. Je ferme les yeux.

— Tu as dit qu'on avait une réunion avec Declan aujourd'hui ?

— Et James et… Andrew.

Je vois un filet de bave sortir de ses lèvres rouge vif quand elle prononce ce dernier mot. Formidable. Maintenant, ma meilleure amie veut se taper le frère de mon petit ami. On dirait une sitcom.

Sauf que dans une bonne sitcom, une mère hystérique débarquerait au bon moment. Je m'interromps, car si jamais ma mère voulait faire son entrée, ce serait le bon moment. Je ferme les yeux, je croise les jambes et j'attends.

Chatounet grimpe sur mon lit et s'installe sur mes genoux. Cela doit être pire que ce que je pensais s'il m'offre du réconfort. Vous avez déjà vu ces émissions sur la nature diffusées sur le câble qui montrent que les animaux ont un instinct préternaturel pour flairer les catastrophes naturelles comme les tornades et les tremblements de terre avant qu'elles ne se produisent ?

Oh, oh.

— Pourquoi ce soudain mutisme ? demande Amy.

Elle n'arrête pas d'entrer et de sortir de la pièce et je comprends pourquoi. Ses cheveux sont maintenant relevés en un chignon parfait, de longues boucles élastiques descendant au niveau de chaque oreille. Son tailleur est coupé pour épouser ses courbes et elle insère une simple boucle d'oreille en perle dans un lobe crémeux.

— Pourquoi ressembles-tu à Chelsea Clinton en plus jeune ?

Elle rayonne.

— Vraiment ? Parce qu'elle a aussi travaillé pour des sociétés de capital-risque, et qu'elle gagne maintenant 600 000 dollars par an !

Mon compliment involontaire me fait oublier, pendant une fraction de seconde, le désordre du cyberespace que je dois apparemment gérer dans la vie réelle. À Anterdec.

Aujourd'hui.

— Je pense que ces 600 000 $ ont un rapport avec son nom de famille, Amy.

Elle se coiffe.

— Peu importe. Si je peux en gagner la moitié, je n'aurais pas besoin de courir après les milliardaires.

Aïe ! Chatounet saute de mes genoux et se frotte à ses chevilles. Dommage qu'elle ne porte pas de lacets. Il tourne la tête vers moi et me regarde, comme si mon satané chat lisait dans mes pensées.

— À quelle heure est la réunion ? demandé-je à Amanda.

— Treize heures. Mais Greg veut faire une réunion stratégique avant.

— Une réunion stratégique ?

— James McCormick veut que nous commencions immédiatement à évaluer ses propriétés haut de gamme. Ils ont subi des pertes financières importantes au cours des deux derniers trimestres, notamment dans leurs hôtels de luxe.

Elle tape dans ses mains avec joie, à la Pee Wee Herman.

— On va faire des visites mystères pour The Fort ! On va faire des visites mystères pour The Fort !

Tout ce que je parviens à faire, c'est me renfrogner.

— Treize heures.

Puis-je attendre aussi longtemps ?

Ma satanée amie télépathe me dit :

— Envoie-lui un texto. Appelle-le.

— Il ne m'a pas envoyé de SMS ni appelé !

— Peut-être qu'il est juste occupé.

— Amanda, il m'envoyait des sextos sans arrêt après notre dernier rendez-vous, et puis plus rien.

Je lève un doigt pour qu'elle s'arrête. Elle est en train de remettre ses chaussures, et je veux l'avertir, mais…

Je tape *S'il te plaît, appelle-moi* et j'appuie sur Envoyer, en espérant qu'il me réponde.

Elle me regarde, et quand j'ai fini, Amanda me dit :

— Peut-être qu'il a perdu son téléphone dans les toilettes ?

Je lui jette un oreiller. Chatounet lui court après, puis s'arrête à son pied. J'ouvre la bouche pour dire quelque chose, mais c'est trop tard.

— Oh non ! s'écrie-t-elle alors qu'un mince filet d'urine jaune lui recouvre le pied.

Elle retourne en boitillant dans la salle de bain, gémissant quelque chose qui ressemble à une malédiction écossaise que Geillis Duncan pourrait marmonner dans *Le Chardon et le Tartan*.

Chatounet se retourne et je jurerai qu'il me fait un clin d'œil.

— Méchant chaton, murmuré-je en souriant.

— Tu l'as éduqué pour qu'il fasse ça ? Pourquoi est-ce qu'il pisse sur les lacets et les spartiates ? Je ne partage pas tes perversions, dit Amy en mettant son sac en cuir sur son épaule.

Elle a vraiment l'air d'une femme d'affaires autoritaire, prête à affronter une salle de conférence remplie d'investisseurs, sans urine de chat et sans être perturbée par des rumeurs sur Twitter au sujet de son utilisation sociopathe d'un milliardaire mauvais garçon pour conclure un accord commercial tout en trompant sa femme lesbienne.

Essayez de répéter ça cinq fois rapidement.

— Qu'est-ce que ça veut dire ? lance Amanda depuis l'autre pièce.

— Je n'ai pas de perversion. Je suis conventionnelle.

— Personne n'est vraiment conventionnel, se moque Amy.

Elle me lance un regard malicieux, faisant tourner en bourrique Amanda.

— Tu as forcément une perversion. Des goldens showers de Grumpy Cat, par exemple.

— Golden *quoi* ?

Amy fronce les sourcils en me regardant.

— Et c'est *elle* qui évalue les magasins de sex-toys ?

Elle secoue tristement la tête, mais, fort heureusement, ne donne pas de détails.

— Non, mais maman a proposé de l'accompagner pour ça.

Le visage d'Amy se tord d'agonie.

— Pauvre Amanda.

— Ah oui. Maman a des névroses à revendre.

— Je n'ai pas besoin d'être névrosée, insiste Amanda, entrant dans ma chambre en sentant notre spray désodorisant à l'orange.

— Tout le monde a ses névroses, répondons Amy et moi à l'unisson.

Apparemment, cela revient à dire *Beetlejuice, Beetlejuice, Beetlejuice,* car la porte d'entrée s'ouvre et ma mère entre.

— Vous l'avez invoquée ! souffle Amanda.

Elle tient à nouveau ses sandales et se tourne vers mon placard au moment où ma mère entre en scène.

— J'espère que tu as de belles chaussures que je peux t'emprunter.

Ma mère regarde les chaussures d'Amanda et se retourne immédiatement pour dévisager Chatounet, qui se regarde dans le miroir au dos de la porte de ma chambre et crache face à cet étrange chat.

— Quelle idée de mettre des chaussures avec de longs lacets en *sa* présence ?

Ma mère rit et secoue lentement la tête.

— Je suis vraiment désolée.

— Pourquoi *es-tu* désolée ? demandé-je.

— C'est ma faute. Hum… Elle fronce les sourcils. En fait, c'est de la faute de ton père. Il portait cette tenue de gladiateur une fois lorsqu'on a fait ce petit jeu de rôle où je faisais semblant d'être attachée pour que le Kraken vienne me prendre, et Chatounet a paniqué. Il a pissé sur les pieds de Jason et je n'ai pas pu porter de spartiates depuis.

Amy se fige dans l'embrasure de la porte.

— Mais Marie, le Kraken… pourquoi utiliser ça dans un jeu de rôle ? demande la voix sourde d'Amanda.

Elle est plongée dans mon placard. Je vois ses fesses ressortir et j'ai envie de les lui botter.

— Ne la provoque pas ! Je ne veux pas savoir !

Amy se précipite vers la porte de l'appartement, que j'entends claquer. J'enfonce mes doigts dans mes oreilles et je répète « tra-la-la-la-la » aussi fort que possible pour ne pas entendre l'histoire dépravée que ma mère doit partager.

Le visage pâle d'Amanda m'incite à poursuivre. Même Chatounet semble un peu plus clair que d'habitude.

— Shannon ! Shannon ! Tu peux enlever tes doigts de tes oreilles, dit-elle d'un air exaspéré, comme si c'était moi qui avais fait quelque chose de mal.

Amanda murmure *Fais attention.*

Je retire mes doigts et ma mère me dit :

— Viens à mon cours de yoga vendredi.

Nous sommes mardi, j'ai donc trois jours pour accepter et trouver une excuse vraiment minable pour faire machine arrière. Agnes pourrait me malmener dans la ruelle si j'osais venir sans ramener les fesses de Declan.

— D'accord, dis-je.

— Et pas d'excuses ! Chatounet n'a pas été amputé d'une jambe, comme tu me l'as dit le mois dernier pour éviter de venir.

Mince. Chatounet examine sa patte avant avec une expression de soulagement. Formidable. Je vais rentrer à la maison et je vais découvrir qu'il a utilisé ma réserve de bonbons comme litière, n'est-ce pas ?

— Désolée, mon pote, lui chuchoté-je de l'autre côté

de la pièce. Je vais te ramener de l'herbe à chats. S'il te plaît, ne mange plus les câbles de l'ordinateur.

Amanda et moi échangeons l'un de ces regards où une série de gestes et de mouvements de sourcils étranges nous permettent de communiquer via un code secret. *Est-ce que maman sait pour moi, Declan et le bordel sur Twitter ?* demandé-je en gros.

Soixante-douze spasmes et grimaces plus tard, la réponse est *non*.

Ouf.

— Marie, nous sommes très en retard pour le travail, dit Amanda. Et si je nous faisais un café pendant que Shannon se douche ?

Les yeux de ma mère ne sont plus que deux fentes. Dès qu'une de ses filles est trop gentille avec elle, elle se méfie, et dans sa tête, Amanda est son quatrième enfant.

— Declan est dans la chambre ? demande-t-elle avec entrain. C'est pour ça que tu agis si bizarrement ?

J'aimerais bien.

— Et s'il l'était ? fait Amanda.

Aïe ! Ça me fait l'effet d'une balle en plein cœur, mais je vois ce qu'elle veut dire. Ma mère commence à reculer lentement. Ce n'est techniquement pas un mensonge, n'est-ce pas ?

Puis elle s'arrête et regarde Amanda d'un air sévère.

— S'il est là, pourquoi *es-tu* dans la chambre ?

Lentement et avec délectation, Amanda hausse un sourcil et fixe ma mère. Un peu comme Laura Prepon dans *That 70's Show* et *Orange is the New Black* avec une bonne dose d'Angelina Jolie.

Le regard d'horreur de ma mère est plus que parfait.

— Je, heu, heu, je dois y aller, s'empresse-t-elle de dire.

Nous entendons la porte de l'appartement claquer et Chatounet lance un regard admiratif à Amanda et lève sa patte avant vers elle comme pour faire un high-five.

— Je n'arrive pas à croire que tu aies laissé entendre qu'on faisait une partouse, grincé-je.

Mais bon sang, ça a marché ! Il faudra que je pense à cette petite stratégie la prochaine fois que ma mère viendra me chercher pour me faire épiler le maillot ou pour ces pédicures où des poissons mangent toutes vos peaux mortes.

— Je n'arrive pas à croire qu'un jeu de rôle entre elle et ton père ait fait pisser ton chat sur mes chaussures.

— Touché.

Les larmes menacent de couler et je n'arrive pas à reprendre mon souffle. Et si c'était fini avant d'avoir vraiment commencé ? Il y a tellement de choses à faire avec Declan, et je...

La main ferme d'Amanda me presse l'épaule.

— Si ça peut te consoler, les premiers rapports arrivent des coopératives de crédit et il y a une discrimination évidente dans au moins deux branches. Le programme de prêt pour les LGBT aidera à éliminer ce problème. Tu voudras peut-être divorcer, mais...

Je lui tire la langue.

— ... mais on a fait une différence.

Les larmes coulent alors.

— Super. Je ne peux même pas m'apitoyer sur mon sort, reniflé-je.

J'ai peut-être gâché ma seule chance de bonheur avec

un mec génial, mais on aussi fait une différence et aidé les gens.

— Ne sois pas si abattue.

Je soupire.

— Je sais. C'est juste que… je ne regrette pas d'avoir fait cette visite, mais en même temps, laisse-moi ressentir ce que je ressens. D'accord ?

Je peux ressentir deux émotions contradictoires en même temps. Ça s'appelle être humain.

Le silence s'étire entre nous. Ponctué de quelques reniflements.

— Va prendre une douche et allons voir Declan pour essayer d'y voir plus clair. Plus longtemps tu te caches au lit, plus ça devient stupide. Ne laisse pas un Tweet te dicter ta vie, me conseille-t-elle.

— Quand es-tu devenue philosophe ?

Je me dirige vers la salle de bain sans attendre d'entendre sa réponse.

— Quand ton chat a transformé mon pied en litière.

Elle tape dans la patte tendue de Chatounet et je jurerai qu'il sépare ses petits orteils en un signe de paix.

— Et s'il… et si je… oh, mon Dieu.

Mes mains tremblent et j'ai l'impression que mon cœur veut s'enfuir de ma poitrine et enterrer sa tête dans un pot géant de glace au brownie double chocolat.

Le visage compatissant d'Amanda apparaît à travers le rideau de cheveux qui me recouvre.

— La seule façon de savoir ce que Declan pense ou ressent est d'aller le voir.

— Et si j'avais tout gâché ?

— Tu n'en sais rien.

— C'était si spécial à Pâques.

— Alors tu n'as pas à t'inquiéter, déclare-t-elle. Aucun type ne se présente pour des fêtes de famille et abandonne ensuite une femme à cause d'un tweet stupide.

— Vraiment ?

Elle hausse les épaules.

— Je n'en sais rien. J'avais l'impression que ça sonnait bien.

— Toute vérité n'est pas bonne à dire.

Elle soupire.

— Sans blague. Pourquoi penses-tu que je suis toujours célibataire ?

Je chasse mes larmes.

— Mais pas assez d'honnêteté t'attire des tweets d'une femme qui ressemble à une poupée de cire de Madame Tussaud.

Mon téléphone vibre.

Nous nous figeons toutes les deux.

C'est Declan.

À SUIVRE DANS *UN MILLIARDAIRE SINON RIEN, TOME 4.*

À PROPOS DE L'AUTEUR

Auteur sur la liste des Meilleures Ventes du New York Times et d'USA Today, Julia Kent s'est tournée vers l'écriture de romances contemporaines après avoir décidé que la vie était trop courte pour ne pas prendre de plaisir. Elle écrit des comédies romantiques avec quelque chose en plus, et des livres pour adultes qui repoussent les frontières contemporaines. Que ce soit des millionnaires, des femmes bien en chair ou des rock stars, Julia trouve un bonheur loufoque et sensuel dans chaque livre qu'elle écrit, mais à la différence de Trevor dans Actes Aléatoires de Démence, elle n'a jamais embrassé de poulet.

Elle adore avoir l'avis de ses lecteurs par email à jkentauthor@gmail.com,

sur Twitter @jkentauthor,

et sur Facebook https://www.facebook.com/jkentauthor

Visitez son site internet http://www.jkentauthor.com

Inscrivez-vous à ma newsletter pour tout savoir des parutions et des promotions, sur https://geni.us/FRJKnl

www.ingramcontent.com/pod-product-compliance
Lightning Source LLC
La Vergne TN
LVHW091318150826
845673LV00006B/1686

* 9 7 8 1 9 5 0 1 7 2 3 8 2 *